诺贝尔文学奖作家作品

快乐男孩

A HAPPY BOY

［挪威］ 比昂斯滕·比昂松　著

杜福林　译

北京出版集团
北京出版社

图书在版编目（CIP）数据

快乐男孩 / （挪威）比昂斯滕·比昂松著 ； 杜福林
译 . — 北京 ：北京出版社，2020.10 （2025.7 重印）
（诺贝尔文学奖作家作品）
ISBN 978-7-200-14181-8

Ⅰ．①快… Ⅱ．①比… ②杜… Ⅲ．①长篇小说—挪
威—近代 Ⅳ．① I533.44

中国版本图书馆 CIP 数据核字（2018）第 149675 号

诺贝尔文学奖作家作品

快乐男孩
KUAILE NANHAI

［挪威］比昂斯滕·比昂松 著
杜福林 译

*
北 京 出 版 集 团
北 京 出 版 社 出版
（北京北三环中路 6 号）
邮政编码：100120

网 址 ：www . bph . com . cn
北 京 出 版 集 团 总 发 行
新 华 书 店 经 销
三河市天润建兴印务有限公司印刷
*
140 毫米 × 202 毫米 32 开本 7.75 印张 180 千字
2020 年 10 月第 1 版 2025 年 7 月第 3 次印刷
ISBN 978-7-200-14181-8
定价：42.00 元
如有印装质量问题，由本社负责调换
质量监督电话：010-58572393
责任编辑电话：010-58572757

作家小传

比昂斯滕·比昂松（Bjørnstjerne Bjørnson，1832—1910），1832年12月8日出生于挪威北部克维尼，父亲是一位乡村牧师。六岁时比昂松跟随父亲一起来到了罗姆斯达尔，他的童年一直在这里度过，这里山清水秀、民风淳朴，比昂松深受影响。

早在中学时期，比昂松就对文学产生了浓厚的兴趣。1848年，挪威民族独立运动如火如荼，十六岁的比昂松便积极投身其中。1850年，比昂松在首都基督教大学求学期间，与易卜生、谢朗和约拿士·李成为朋友，后来他们四人被誉为挪威历史上著名的19世纪"文坛四杰"。正是因为他们四人的存在，以及他们做出的卓越贡献，以至恩格斯在1890年曾经这样说："近二十年来，挪威经历的空前的文学繁荣，除了俄国之外，没有任何一个国家能够望其项背。"1853年，原本打算成为一名牧师的比昂松离开基督教大学，开始寻找新的职业方向。1855年，比昂松开始担任克里斯蒂安尼亚（今奥斯陆）《每日晨报》的文学戏剧评论员，此后还先后在《晚报》《诺斯科福报》担任编辑工作，比昂松还先后在不同的剧院担任编导和导演的工作，这些工作经历都帮助他获取了丰富的文学创作经验。与此同时，他对于挪威民族独立运动一直持续关注，不仅积极发表支持民族独立、弘扬民族文化、摆脱他国奴役的文章和言论，并且亲身参与民族解放斗争，反对瑞典对于挪威的文化禁锢。

比昂松的文学创作主要集中在两个方向上，一是基于挪威中世纪传说的历史剧创作，主要代表作包括《战役之间》（1857）、《西格尔特恶王》（1862）；二是基于现代生活的小说创作，主要代表作包括《阳光之山》（1857）、《阿恩》（1858）、《快乐男孩》（1860）和《渔家女》（1868）。

从19世纪50年代开始，比昂松将巨大的精力投入在挪威的戏剧复兴上，他创作的两部戏剧作品《破产》（1874）和《主编》（1874）让他在国际上获得了广泛的影响力。尤其是《破产》被誉为比昂松戏剧的巅峰之作，作者在剧中生动地刻画了资本主义社会道德在社会中对人的深刻影响。1883年，比昂松的另一部重要作品《挑战的手套》公演，这部剧主要表现了挪威女性遭受侮辱、迫害的悲惨命运。

比昂松晚年时期创作的小说《飘扬在城市和港口的旗帜》（1884）和《通向上帝的道路》（1889）也在挪威文学史上具有重要的地位。此外，他创作的诗歌《是的，我们热爱这片土地》成了挪威的国歌。

1909年，比昂松罹患中风，导致他的一条胳膊瘫痪，先后在拉尔维克和巴黎医治，然而病情却在不断恶化，1910年4月26日，比昂松在巴黎逝世。

授奖词

瑞典学院常务秘书　C.D.威尔逊

今年诺贝尔文学奖仍旧有数位候选人等待瑞典学院来做决定。在候选人中，有些作家在欧洲文坛上早已名声斐然。不过，学院最终优先选择的是诗人比昂斯滕·比昂松。

这位获得桂冠的杰出诗人今天也亲临了颁奖典礼，这让我们感到十分欣慰。遵照惯例，我先代表学院以客观的立场说明他获奖的原因，然后谈谈我个人的一点儿感想。

比昂松在瑞典的知识阶层中声名远播。他的为人和作品已经不用我再特别宣扬。我们也因此可以缩短一部分点评。

比昂松诞生于挪威北部的克维尼，自幼就跟随父亲过着牧师的生活。奥克拉山谷的淙淙溪水陪伴了他整个童年。直到父亲调职，他随父迁居到罗姆斯达尔山谷的奈斯塞特。那是位于兰格约尔德、艾德斯瓦格和艾理斯约尔德的通道上的挪威乡村，夹在两个峡湾之间。比昂松在这里和同胞们真诚地交往，也爱上了质朴的乡村生活。那时他喜欢跑到山顶或湖边欣赏落日，喜欢跟随农人学习耕作。

十一岁那年，比昂松就学于莫尔德，他的功课并不十分出众。在这个阶段，他已经从某些对他产生深刻影响的作家那里获得养料了：他阅读斯特尔森的作品，了解阿斯布约恩森、欧伦施莱厄和瓦尔特·司各特的小说。他十七岁到奥斯陆参加大学入学考试，第三年考试后终被录取。比昂松自己说他正式开始写作是在1856年参加了第一届乌普萨拉学生大会之后。他的第一部作品是以令人惊叹的文笔描写落日余晖下的里德尔霍姆教堂和夏日中斯德哥尔摩的光彩。随后，他用了两星期写就《战役之间》（1857）。紧接着又写了许多作品，小说《阳光之山》（1857）就是其中之一。此后，比昂松佳作频频，著作等身。

比昂松不仅擅长戏剧和史诗的写作，也擅长写抒情小品。作品《阿恩》（1858）和《快乐男孩》（1860）的出版使他立刻成为写实大师。这些略带忧郁的故事中，人物以中世纪冒险的英雄角色出场，他把这些农民描绘成北欧中世纪型的英雄的确有其原因。此外，作品中他轻描淡写地把他在罗姆斯特伦生活时的认识融入其中，勾勒出农人纯朴的举止和生活状态——显然他有能力这样——用极其简练的笔法巧妙地呈现出了这一切。尽管这些勾勒有点儿理想化和诗化的倾向，但不得不承认，作品是忠实于生活的。

比昂松的戏剧创作以历史剧为主，在1861年和1862年，他分别出版了《国王斯凡勒》《西格尔特恶王》。在写作《西格尔特恶王》的时候，他由于对神灵奥布尔德的信仰，让全剧的气氛变得明朗起来，芬尼皮德作为救星出现在了北方曙光之中。1864年

《苏格兰女王玛丽·斯图亚特》的问世，将作者的创作才华显露无遗。然而，他"最成功的剧作"，则是以当代生活题材创作的《破产》（1874）和《主编》（1874）。此后，他在《朗格与帕司堡》（1898）中，描述了一种枯燥乏味的爱情；而作品《工作》（1901）则歌颂了道德的有节制的生活。1902年的剧本《斯托霍沃》，则是出于对一位终年含辛茹苦养家糊口的女士——玛格丽特的敬意。从以上作品中，我们可以看出，作者具有一颗可贵的赤子之心，他的人生观是积极进取的，丝毫没有造作之意，始终坚持着自己的道德立场。

按照我们收到的一些建议，诺贝尔文学奖应颁给有成就的青年作家作为奖励和支持。如此说来，今年瑞典学院的决定就是符合这一建议的。因为我们把奖颁给了71岁依旧笔耕不辍的作家。要知道去年，他还写出了优质作品《斯托霍沃》——优先选择比昂松正是为了表彰他青年般的活力。

比昂松的抒情诗笔调淳朴清新，感情敏锐，他的诗歌灵感如同取之不尽、用之不竭的宝库，他诗歌特有的音韵美，让音乐家情不自禁想要为之谱曲——任何国歌都不及比昂松为挪威所作的《是的，我们热爱这片土地》那样激动人心，当你听到《阿尔恩里奥·吉莱》这首歌时，会感到如浪潮般的乐章连绵起伏；当你站在挪威海岸，想起这位民族诗人，想起自己的前途，《月光曲》的旋律就会轻轻地在你的心底回响起来。

比昂斯滕·比昂松先生，您具有最纯洁高贵的精神，在人们心中，它是最高境界的象征。1883年出版的《挑战的手套》中，您所流露出的对人们善良的祈求正是当前一般文学作品最缺乏的。您在创作方面所取得的成就，来自于生活中自然而然的情感以及您坚持不懈的信念，它将道德与清新纯真的诗意融为一体，令人难以逾越。据此，本学院决定将本年度诺贝尔文学奖颁发给您，以表彰您的贡献和杰出才华。

获奖致辞

我相信，今天全世界的人们都认为，我得到的是一份弥足珍贵的礼物。

长久以来，我和我的同胞们一直在不断奋斗，为挪威能够获得在联合公国中的公平地位而努力，这对贵国是一种难堪的经验，但挪威公平地位的获得应该也是贵国的光荣。

今天，有机会和大家一起探讨对文学的看法，我十分荣幸。

多年以来，每当我想到人类奋斗的历程，一幅画面就在我脑海中徐徐展开：在这无尽的时间里，人类的历史发展蜿蜒曲折，但总是向前迈进的。我们被一种巨大的能量不断激励，先是直觉，接着是意识的苏醒……但是意识并不能完全决定人们的前进方向，因为在意识和潜意识之间，想象力在发挥着作用，它让我们有预测未来前进方向的可能。

在人类的意识中，没有比价值观更为重要的观念了。甚至说意识的主要作用，就在于能够分辨善恶，没有人可以逍遥于善恶观念之外去生活。但令我不解的是，为什么有些人创作时可以不顾道德良知，不顾善恶观念的主张和言论？倘若如此，我们不就和照相机一样，只机械地在复制景色而不加以分辨美丑善恶了吗？

我不愿谈论所谓现代人的观念，因为这观念正让他们自以为是，将人类千百年来积累的遗产弃之不顾，他们对我们能够繁衍至今、薪火相传的精神依靠一无所知。我无法理解他们的用意，难道这不是缺乏发展的眼光吗？也许他们不知道，在提出那些观念的时候，他们的形象是多么不堪，令人望之生厌。

今天我们也不必去寻觅答案了。那些人不过是敢于摆脱道德底线来贬低自己。他们和我们相悖之处就在于我们越遵守道德，他们越离经叛道。虽然现在他们未必敢完全以无视道德的面目出现。

今天很多具有指导性的思想，在提出之初是富于创新的。可以这么说，不在作品中刻意渲染的人，往往是最诚实的。在文学史上有很多佐证可以对此加以说明，歌颂精神解放的作家，其作品常常富有宣传力和煽动性。我们看到，希腊的大诗人能够阅尽人生，看破生死。莎士比亚的作品正是一座条顿民族的精神纪念碑，巍然屹立在历史的长河中。对他来说，世界是巨大的战场，他凭借诗人的正义感，以超脱一切的生命潜力和崇高的生命信念引导着战争的走向。这样的作家，是多么叫人心悦诚服！

如果我们能使莫里哀和霍尔伯格剧作中的角色活过来，出现在生活中，看他们穿着带花边的戏服，戴着假发，做着稀奇的动作，行动古怪地表演，你就会发现：他们的夸张和宣传就像他们冗长的台词一样使人不快。让我们再反过头看看条顿民族的纪念碑，歌德和席勒不是为它带进了一丝乐园的和风吗？对他们而言，生命与艺术是充满了快乐和美好的，大地是风和日丽的，在这种氛围中成长的人，本身就具有希腊诸神的一些性格，像小特格纳、欧伦施拉格、小威格兰，以及拜伦、雪莱等人。

即便你可以说那种时代风潮早已过时，我仍旧可以再举出两位这样的人，第一位是我的挪威朋友，他现在身染顽疾，但曾在挪威海岸设立了许多为夜航的水手们引路的灯塔；还有我们的邻国芬兰也有一位这样的老人。他们的行为有着利于他人的高尚动机，这爱心让无数人得到帮助；他们的精神，如同黑夜中的长明灯。

我不打算再讲文学中那些宣传的东西了，因为过多谈论反而会加深那种论调。如果在作品中，宣传与艺术比例适当，那是无伤大雅的。但刚才我们提到的两种大作家中，前者提供的警告固然令人心惊，但后者对人性的观察，再利用理想进行引诱的手段，也同样令人胆寒，即便如此，面对未来的路，我们也绝不能松懈，更不能畏畏缩缩，要相信生命的本质是坚强向上的，如同自然经过灾难的洗礼仍旧生机勃勃，对此我们可以怀揣着信念来加以证实。

近来我最为钦佩的是法国作家雨果。他凭借对生命的尊重以及精妙绝伦的想象力，使作品呈现出丰富的层次。虽然批评家指出他的作品善于取巧，但我还是坚持认为，那充盈在他作品中的丰富的生命和活力足以弥补一切不足。切实地说，如果在一部作品中，表现出来的善比恶少，那么我们人类就毫无希望可言了。千万不要忘记，任何反对这种生命真相的描写都是扭曲的、非正常，强调生命的黑暗对我们毫无益处。

对懦弱和自私的人来说，现实的痛苦令他们无法面对，而许多平凡的人却能坦然承受。试问，那些刻意渲染黑暗面、令人心生恐惧的作家中，有谁能确认生命不能也从没有带给过我们快乐呢？倘若那样，我们是否就不假思索地全盘接受作者的安排去生活？何况，那都只是作者的想象；何况，生命的本来面目并非黑暗。终日哀伤颓废只会引发不幸，那种对生命都不加以肯定的悲观主义作家，是不值得我们选择的！

我们在文学中追求的是有意义、有价值的生命，即使它微如露珠，也可以在人生风雨中自由奔走，有了这份信念，我们便无所畏惧，没有它，我们便迷惘惆怅。

由此可见，那所谓"过时的"是非善恶观念其实早已扎根在我们的生命中，存在于我们生活中的方方面面，它代表着我们对生命和未来的希望。身为作者只有把同一本书印成千万册，有意地去传播这种正确的观念，他的事业才有意义。

一个人越是敢当大任，就越意气风发。倘若胆识和能力俱佳，他就敢于去讲该讲的话，敢于去做该做的事，不会有丝毫的心虚和畏惧。

这就是我所要捍卫的理想，我生命的信仰。我绝不赞成作家逃避责任。相反，我主张作家应有更大的担当，因为他是引领人类航向的舵手。

非常感谢瑞典学院对我在道德方面所做的努力的肯定。现在，让我们举杯向那些提倡健康、高贵的文学的作家，以及在这方面已经获得成功的作家和作品致敬！

目　录

快乐男孩

第一章 走失的羊羔

哪个孩子刚出生时不是大哭不止呢？又有哪个孩子不爱依偎在母亲的怀抱中？当厄于温还是个小婴孩时，母亲只要让他坐在双膝上，他就会咯咯咯地笑起来。当夜晚来临，房间里点燃蜡烛，他的笑声又立即会随着烛光充盈整个房间。可每次他把小手伸向烛台而被阻止，他就不可避免地要大哭一场。这个男孩有些与众不同，正如他母亲所说，或许等待他的是非凡的命运。

厄于温家门前有一座山崖，虽然不算很高，但崖壁光滑陡峭，站在山崖上向下看，刚好能望见他家的屋顶，那里拴着属于男孩的小山羊。如果视力好的话，还可以欣赏到屋顶上肆意盛开的野樱桃花。

一般来说，小山羊是没法在屋顶自由活动的。厄于温要喂它的时候，就抱起一捆树叶或者青菜用力往屋顶一扔。

那一天阳光灿烂，厄于温上午察看的时候并没有发现小山羊已经跑到了山崖上，等到厄于温下午出来喂食的时候才发现羊不见了！他十分惊慌，并且马上想到这可能是狐狸干的，想到这里，他浑身发热，要知道小山羊是他最忠实的玩伴。

他一面四处寻找，一面高喊着小羊的名字："基里！基里！"他不断喊着，到最后语无伦次地叫着："小山羊……基里……我的小羊……"他的奔跑和呼喊得到了回应，小山羊在山崖上咩咩地叫着。厄于温欣喜地听到了小山羊的叫声，循着声音跑上山崖，然而一个陌生的女孩出现在他眼前，她正温柔地抚摩着基里。

"这是你的山羊吗？"仿佛鼓足很大勇气，女孩低着头红着脸跪在山羊旁边，说话时并没有抬头。厄于温被眼前的一幕惊呆了，他慌忙把手插进口袋，好不容易才从张大的嘴巴里挤出："你是谁？"

"我是玛吉特，是父亲的宝贝提琴，是生长在房间里的森林精灵，是玛丽——也就是我妈妈的缩小版，是海德嘉德奥拉·诺尔迪斯图恩的乖孙女，这么说你明白了吗？到秋天我就满四岁啦！"

这样的自我介绍让厄于温更迷糊了。"你到底是谁？"他大声问道，随即长长地吸了口气，因为女孩连珠炮似的自我介绍让他都没敢喘气。女孩却没有理睬，抬起眼睛问："这只山羊是你的吗？"

这次厄于温回答："是的，当然是我的。"也用肯定的眼神看着女孩。

"可是我已经喜欢上这只可爱的小山羊了，你能把它送给我吗？"

"它是很可爱，但我肯定不会送给你的。"

小女孩踢着脚跟仰起脸说："如果我给你一块麻花面包作为交换呢？"厄于温是穷人家的孩子，他从小到大只品尝过一次麻花面包的滋味，在那之前他从未吃过那样的美味，他动心了，定定地看着女孩的眼睛，有些不可置信地说："那你先让我看看面包。"女孩轻笑了一下，慢慢地把手里的一大块麻花面包拿了出来。"喏，给你！"说着她把面包扔向他。还没等男孩反应过来，面包已经落在地上摔成了碎块。男孩发出了一声惊呼，他蹲在地上捡起一小片面包碎屑放到嘴里尝了起来。那滋味真是太好了，他忍不住又尝了一块，就这样不知不觉整个面包都被他吃掉了。"现在这只可爱的小羊就归我了。"女孩高兴地说。厄于温顿时僵住了，嘴巴里还留着麻花面包的香味儿，女孩看他傻乎乎的样子，躺在地上大笑起来。山羊站在她旁边，微风吹过，山羊腹部的毛是那样洁白，身上棕色的毛发闪着光芒。这是一只多么漂亮的小山羊啊！

"能请你稍等一会儿吗？"厄于温几乎是在哀求，女孩却笑得更厉害了，看他这样赶忙跪坐了起来，"不行，这只小山羊现在可是我的了。"说着，她亲昵地把小羊揽在怀中，用袜带拴住了羊脖子，站起身来准备离开。

可山羊不愿意跟着她走，反而朝着山下小屋的方向咩咩叫着。女孩一手拉着袜带一手拽住羊毛，开心地说："快来吧，小羊羔，跟我走，马上就能到家吃到妈妈为我们准备的大餐啦！"说着她还唱起了歌：

> 快来吧，他的小羊羔，
> 快来吧，我的开心果。
> 到我这里来，喵喵叫的小猫咪，
> 你雪白的鞋子穿在脚上，
> 让黄色的小鸭经过你身旁，
> 都会慌里慌张。
> 快来吧！我的白鸽，永远那么鲜亮，

羽毛洁白柔软、闪闪发光！
就算草地湿润，
阳光总会照耀；
现在虽是初夏，
秋天就快来到。

厄于温依旧站在那里。

从去年冬天小羊降生，直到现在都是他一直在照料，他还从未想过有一天会失去他的羊羔。眼前的分离可能就是永别，可基里已经不再属于他，他毫无办法，只能跌坐在草地上大哭起来。

这时，母亲从海滩回来，手里拿着洗刷的工具，看到儿子在草地上哭泣，赶忙上前问道："怎么了我的孩子？为什么在这儿哭呀？"

"我的基里——我的羊羔！我的羊！"

"咦？羊跑到哪儿去了？"母亲望向屋顶，果然没有看到小羊。

"它永远不会回来了。"男孩悲伤地说。

"是狐狸把它偷走了吗？"

"我倒希望是狐狸。"男孩还不愿说出实情。

母亲听出事情不对，马上呵斥道："你到底做了什么？羊去哪儿了？"

"我——我——我为了一块麻花面包卖掉了基里！"说完这句话，他忽然意识到用羊羔换一块面包意味着什么，他以前竟然没有想过。

母亲说："你竟然为了一块面包就愿意卖掉它？小羊会怎么看你？"听了母亲的话，厄于温更加懊悔。在这一瞬间，仿佛所有的幸福和快乐都离他而去，他想也许自己在这个世上再也感受不到快乐了，哪怕死后到了天堂也一样。悲伤迅速淹没了他，他后悔地发誓自己再也不做错事了，不再调皮去剪断纺车线，不再放开拴羊的绳索，甚至发誓再也不去海边玩儿了。想着想着，他就躺在地上睡着了。

突然，什么湿湿的东西弄痛了他的耳朵，他猛地起来却发现他的小伙伴又回来了！羊羔亲昵地舔着他，咩咩地叫着。厄于温欣喜地抱住了基里，拉着它的两条前腿在草地上跳起舞来，仿佛它是他离家出走归来的兄弟。他终于停下来，拉起羊胡须，准备带它到母亲那里去，才意识到给他麻花面包的女孩就站在旁边。厄于温突然清醒了，又失落地放开了羊。

"是你带它回来的？"

"是的，外公不同意我养它。"女孩垂着头，用脚尖扫着地上的青草，"他就在上面的路上等我。"

这一切都发生得太突然了，男孩又呆住了。山崖上面的路上传来严厉的声音："好了吗？"毫无疑问是女孩的外公。

女孩听到喊声，把沾了泥巴的小手伸向厄于温，和他握了握，说："请你原谅……"但她的勇气不足以让她继续承受，她大哭着冲向小羊羔，把眼泪洒在羊身上，把脸埋在那美丽的羊毛里。

"我想你还是把它带回家去吧。"厄于温转过脸小声说。

严厉的声音又传来了："快点儿！抓紧时间！"玛吉特依依不舍地倒退着，离开小羊，含着泪慢慢转身朝山上走去。

"你的袜带！"厄于温慌忙把袜带从羊脖子上解下来，朝女孩挥舞着。女孩只转身看了一眼，说："你留着吧。"然后抽泣着走开了。厄于温马上跑过去，拉住女孩的手说："谢谢你。""没什么好谢的。"她叹了口气，哀怨地回答完就又继续朝外公走去了。

厄于温牵着羊，又坐在草地上，失而复得的羊在他身边走来走去，但他却不像以前那么快乐了。

第二章 学校和同桌

回到家后，厄于温拴好小羊就独自走开了。他躺在屋顶上，望着山崖和蓝天。母亲轻轻来到了他的身旁。厄于温请她坐下来，依偎在她身旁，"妈妈，你能给我讲些故事吗？很久很久以前的故事……"

"当然了，在遥远的从前，万物曾经都可以相互交谈。大山会与奔流的小溪交谈，小溪与河流交谈，河流呢？河流和它汇入的大海交谈，大海又和天空交谈……"

"那天空和谁交谈呢？天空高高在上，是不是不愿与别人说话？"

"天空可以和云朵交谈啊，云朵又和高高的树木交谈，树木和花草交谈，花草和昆虫交谈，昆虫和野兽交谈，野兽和孩子们交谈……就这样来来回回，循环不止，最后谁也不知道是从哪里开始的了。"

随着母亲的讲述，厄于温的目光在山崖、树木、海滨和蓝天中流连，最终停留在了门槛前晒太阳的小猫身上。

他好奇地指着猫咪问母亲："如果能够交谈的话，猫会说什么呢？"

母亲温和地唱道：

> "让我享受这午后温暖的阳光，
>
> 门阶旁慵懒地舒展身体轻躺，
>
> 两只小小老鼠，
>
> 浓香的奶油汤，
>
> 盘里四小片鱼肉，
>
> 我轻松偷到口中，
>
> 肚皮撑得圆鼓鼓，
>
> 这样的我最温柔。"

猫咪这样说。

大公鸡这时也大摇大摆地走过来了，母鸡们跟在它身后簇拥着它。

"妈妈，看那只公鸡，它在说什么？"厄于温边拍手边问。

母亲微笑着又唱起来：

> "母鸡收起羽翼，
>
> 公鸡单脚站立，
>
> 沉思着：
>
> 嘿，说真的，
>
> 快点儿吧！你这赶路的大灰鹅！
>
> 尽管谁都没有我点子多，

但我仍旧祈祷着，
母鸡们快找到自己的窝，
太阳眼看就要下山了。"
公鸡说。

这时，山墙上飞落了两只小鸟，它们站稳后就开始放声歌唱。这声音吸引了男孩，"妈妈，妈妈！鸟儿在说些什么？"

亲爱的小主人，
听我一句话，
没有烦恼和劳苦，
生活无比美好！

母亲最后这样回答。

厄于温欣喜地发现，万事万物真的都在说话，即使是小小的蚂蚁和树皮中潜藏的幼虫也不例外。

母亲也是在这个夏天开始教厄于温读书的，于是厄于温就拥有了许多书，他有时还会想，如果这些书也互相交谈会发生什么。现在书里面的文字都变成了鸟儿、走兽、昆虫和其他的生物，不久它们就会开始四处走动，互相组合。a在一棵叫作b的大树下休息，c也加入进来。但是字母多了。它们的脾气也越来越坏，没法相处，最终一切都乱了套。厄于温发现他学得越多，忘记得也越多。迄今为止他还是清楚地记得最先认识的a，这是他最喜欢的字母。但过了不久，他又忘记了，书中的字母不能再变成故事，课程也变得枯燥乏味。

这样的情况持续了很久，直到有一天，母亲忽然对他说："明天就要开学了，你要跟我一起到庄园里去。"

厄于温之前听说学校就是许多男孩子在一起玩耍的地方，所以他心里很高兴，没有任何反对。他以前也经常到庄园里去玩儿，那时那里并没有学校。他爬山的速度也比母亲快多了，他多希望快些到学校里去和其他孩子玩耍呀。

然而，当他们快接近目的地时，他发现那里有一座养老院，迎接他们的是一阵嘈杂的喧闹声，就好像厄于温家里磨坊发出的声音，他很惊诧地问母亲那是什么声音。

"嘘！仔细听！是学生们在读书呢！"

"真的吗？像我之前那样读书？"

"别心急，很快你就知道了。"

母亲把他带进教室，厄于温惊讶地发现，有许多孩子都围坐在一张大桌子旁边，比做礼拜时他看到的人还要多，还有一些孩子围坐在墙边，一些坐在刻有算术表的凳子上。这时他看到了校长，校长正坐在壁炉边往他的大烟袋里放烟叶，他的头发已经花白，看起来十分慈爱。孩子们也发现了他们，于是都抬起头好奇地看着这对母子，停止了读书。

母亲向校长行了礼，校长也起身回礼。母亲把厄于温拉到前面，对校长说："我是来送我的小儿子读书的，他很想学习。"校长看了看厄于温，问道："他叫什么名字？"这时他的手还在皮袋里摸索烟叶。"厄于温，"母亲回答说，"他知道他的名字，还能够自己拼写。"

"是吗？那我们要看看了，过来吧孩子！"校长大声叫着厄于温并把他抱到了膝上，摘掉了他的帽子。

"真是个可爱的男孩！"校长端详着厄于温的脸庞，轻抚着他的头发。厄于温看着校长的眼睛，大声笑起来。

校长皱了皱眉，说："你不会是在笑我吧？"

"是的。"厄于温毫不掩饰，说着又笑了起来。于是校长和学生们也笑起来，笑声充满了整个房子。就这样，厄于温上学了。

在寻找座位的时候，厄于温看到了那个有许多名字的玛吉特，她坐在靠近壁炉边的一个红箱子上。也许是早已经发现了他，女孩用双手挡住脸，偷偷地看着他。厄于温朝女孩走过去，拿起他的午餐盒坐到了她的身边，同时向校长示意，喊着："我要坐在这里。"校长朝他的方向点了点头，表示了同意。

现在他们两个都趴在桌子上，把脸埋在胳膊里，偷偷地看着对方。之后又玩儿起了剪纸，那样子让他们不自觉笑起来。其他同学也都好奇地看着他们，不停地说话，跟着笑。直到校长发出了呵斥："安静！安静！小糖豆们！你们这些调皮的小麻雀，嘘……"教室又恢复了宁静，"对，就是这样，好了，现在你们要做什么？"说着，校长做了举起书本的手势。

其他同学立马也都捧起了书本，开始大声读起书来，读书的声音一浪高过一浪。从开始整齐划一慢慢又变为抑扬顿挫，有一点点散乱，像潮水不断推向沙滩，有些孩子在这读书声中比着谁读得声音更大，破坏了整体的和谐，但校园的生活让厄于温感到无比的快乐。他小声地问玛吉特："这儿一直都是这样吗？""是的，一向如此。"玛吉特回答道。读书声又变得更加嘈杂，校长用烟管敲了敲桌子，又选出了一个男孩站到校长跟前带领他们朗读。

"我也有自己的小羊了，"玛吉特转过脸说，"虽然不如你的基里漂亮。"

"真的吗？那你为什么不带着它来峭壁上玩儿？"

"外公怕我失足……"女孩用手指在桌边比画了一个坠落的动作，朝厄于温耸了耸肩。

"可是峭壁又不高……"

"那也不行，外公不让我去那儿。"

"如果你能来，就能够听到我妈妈唱许多歌。"

"我外公也是啊！我还可以唱给你听。"

"可是他一定不会我妈妈的歌。"

"我从外公那里学了一首关于舞蹈的歌，你听过吗？"

"没有。"

"那你凑近一点儿，我唱给你听。"

两个孩子悄悄地把头凑在了一起，女孩在书后面轻声唱着：

　　"跳舞！"小提琴喊着；
　　琴弦激动地震颤，
　　佃户的儿子跳着说："嚯！"
　　欧拉却喊着："站住！"
　　还打了个趔趄，
　　姑娘们咯咯地笑着，
　　佃户躺了下来。
　　埃里克也跳起来说："嚯！"
　　脚跟向上挥动。
　　跳得房梁吱吱响，
　　墙壁阵阵震颤。
　　"停下！"埃林大声喊，
　　拎着衣领把他举起。

"你太虚弱了！"

"嘿！"拉莫大声叫着，

跳得房梁吱吱响，

墙壁阵阵震颤。

"停下！"埃林大声喊，

拎着衣领把他举起。

"哦！你太虚弱了！"

"嘿！"拉莫又大声叫着，

公正的兰迪站出来，

"来，郑重地吻一下。

这规矩你懂的。"

得到的回答却是："不！"

兰迪机敏地拍了他一下，

匆忙跑开了，

"拿上东西，快跑！"

　　这首歌玛吉特唱了四五遍，直到厄于温都记住了，这是他在学校里学会的第一样东西。

　　"起来吧！同学们！"校长喊着，"今天是第一天上学，你们可以早点儿下课，但是我们要先祈祷唱诗才能放学。"

　　学校又沸腾起来，孩子们从凳子上跳起来，在教室里跑来跑去，大声说笑，用脚跺着地板。

　　校长不得不再次发出怒吼："安静！安静！小淘气们！"孩子们这才乖乖地回到自己的座位上，校长站在他们前面，带着他们开始了祈祷，祈祷完毕后，他们唱起了赞美诗。校长的音色低沉有力，所有的孩子都双手合十跟着唱起来，厄于温站在最后面，和玛吉特一起靠近门边，他们也合上了手掌，但却没有唱出声。

　　这就是第一天的学校生活。

第三章　校长的故事

厄于温渐渐长成了一个聪明的男孩。他爱他的母亲，在家里，他是孝顺的儿子。他爱他的校长，在学校，他是优秀的学生。他的父亲很少在家，要么就去很远的地方钓鱼，要么就是在磨坊中忙碌，因为这大半个教区的人家都指望着他们家的磨坊磨面。

近期对厄于温来说影响最大的要数关于校长的故事了。那是一天晚上母亲讲给他听的，他感到校长的经历融入了他的学习中，渗透进校长讲的每句话，甚至埋藏在学校的每一棵树下，这个故事让他变得温顺和虔诚，也让他更容易理解校长教授给他的内容，让他更加敬爱校长。

校长，原名叫巴尔达，他有个弟弟叫安德斯，他们从小相互尊重，应召入伍并肩作战，他们小的时候住在城里，后来因为参加战争又在同一部队服役，这兄弟俩分别被提拔为下士。战争结束后，巴尔达和安德斯回到家乡，成为家乡的骄傲。几年之后他们的父亲过世，给他们留下了一笔不菲的财产，这笔财产很难划分，所以兄弟俩决定把这些财产拿去拍卖，避免兄弟之间产生分歧，而且这样他们也可以通过叫价取得自己想要的财产，而拍卖的收益也由他们平分，这真是一个万全之策。然而在拍卖过程中，父亲的一块金表却让兄弟俩产生了隔阂。

父亲的金表是十里八乡唯一的一块，也正因为如此，这块金表声名远播，在村里没有人不知道，所以当拍卖公告贴出之后，许多人都争先恐后地出价，想要拍得这块表，哪怕没有钱的人也想通过拍卖一睹这块金表的真容。

不出意料，最后兄弟俩开始参与竞标，其余的人渐渐退出了。巴尔达希望弟弟安德斯能够让自己拥有这块金表，但是安德斯也同样认为哥哥应该把表让给他。就这样，他们每一轮的出价都在考验着对方的耐心，他们认真地望着彼此的脸庞，当竞价升到二十美元时，巴尔达开始对他的弟弟失望了，因为安德斯持续地叫价。直到价格飙升至三十美元，他觉得弟弟忘记了一直以来自己对他的照料，也忘记了自己是他的兄长。价格还在增长，安德斯还在持续地叫价，现在标价已经涨到了三十多美元，巴尔达再也受不了了，他出价四十美元，然后看着弟弟。拍卖场内一片寂静，只听见拍卖人重复标价的声音。安德斯怔怔地站着，想着如果哥哥能够出得起四十美元，他也可以出得起，如果哥哥嫉妒他拥有这块表，那他更要把它带走了。这样想着他出价更高了。弟弟的举动让巴尔达感到遭受了侮辱，他几乎是低声咆哮着喊出了五十美元的叫价，这一举动使安德斯觉得哥哥在众人面前嘲弄他，于是他也愤怒地叫高了价格，最后，巴尔达大笑着站起来，"我出一百美元，还有我的兄弟之情，这还不够吗？"他大声咆哮着，说完就转身离开了拍卖房。过了一会儿，在他给马套马鞍的时候，一个人跑到他的面前说：

"嘿！巴尔达！金表是你的啦，安德斯已经退出了。"突然，巴尔达的心揪紧了，一股悔恨之情涌上心头，他想到了他的弟弟，想到了兄弟俩的过往点滴，金表在这些面前显得那么微不足道，马鞍已经装好了，但是巴尔达却不确定是否要离开，他的内心还在挣扎，这时安德斯随着很多人走出来了。

"感谢你所做的一切！巴尔达！"安德斯高声喊道，他看到巴尔达站在备妥的马鞍旁边，不知道在想些什么，他只感觉到愤怒与羞辱，"如果我再跟随你走一步的话，那块表一分钟都不会走。"

"要是我再骑马去农场的话，就让这块表永远失灵！"巴尔达气得脸色发白，说完便跳上马背快速离开了。

从此，兄弟俩再也没有回到他们曾经和父母一起居住的房子。不久之后，安德斯与教区内的一名女医生结婚了，但是却没有邀请巴尔达参加婚礼。安德斯新婚后不久，他唯一的一头奶牛就死在了房子的北边，谁也不知道凶手是谁，然而不幸的事情还在发生，他的生活每况愈下，最糟糕的是到了隆冬时节，他的谷仓连同里面的一切都被一场大火烧得一干二净。

"这一切都是那个人做的！那个希望我倒霉的人！"安德斯在那个寒冷的冬夜里哭了，他失去了他的所有财产，也失去了工作的热情。巴尔达在谷仓失火后的第二天来到安德斯家里，他的弟弟正绝望地躺在床上。

"你来干什么？"看到巴尔达，安德斯几乎是直接从床上跳了起来，泪水和怒火让他咆哮如雷。他死死盯着巴尔达，双拳握得紧紧的。

"我想要帮助你，安德斯，我已经知道了你的情况。"巴尔达慢慢地说。

"这发生的一切不正是你希望看到的吗？我很糟糕！正如你希望的那样！滚吧！不要再摆出怜悯的样子！不然我不知道会做出什么事！"

"并不是那样的，安德斯，你知道我很后悔……"

"快滚！看在上帝的分上！"

巴尔达感到弟弟就快要失控了，他后退了几步，喉咙发紧，颤声说："如果你想要那块金表的话，现在你就可以拥有它。"

"滚！"安德斯尖叫起来，巴尔达只好离开了。

离开弟弟的小屋，巴尔达的内心无比痛苦，因为只有他知道到底发生了什么。

其实从听到弟弟失去奶牛的时候，他冷漠的心就开始融化，但是身为兄长的骄傲阻拦着他，他选择去教堂叩问自己的心。当他下了决心，却发现并不那么容易实现。他常常走很远的路，就为了能够看清弟弟的家，但不是有人进进出出，就是周围有陌生人走动。总是有东西挡住他的视线。

隆冬时节的一个周末他去了教堂，发现安德斯也在那里，穿着以前的旧衣服，现在那些衣服更旧了，有的地方还打着补丁，面容苍白消瘦。在牧师布道的时候，巴尔达想起了童年，安德斯那时多么善良啊！而安德斯始终注视着牧师，没有看他的哥哥一眼。

随后，巴尔达参加了圣餐仪式，他向上帝许诺一定要和弟弟和好。这个决心如同他喝下的圣酒一样传遍了全身。他走向安德斯，可总有人挡住他的路，礼拜结束后，还是总有东西碍他的事，"不如到他家里去，好好地谈一次。"巴尔达这样想着。

天色暗下来的时候，他走到了弟弟的小屋前，站在客厅门口，不知该如何开口。突然他听到里面传出的说话声，还提到了他的名字。

"巴尔达今天去参加了圣礼，他一定非常想念你。"弟媳说。

"不会的，他只会想他自己，我很了解他。"安德斯回答道。

之后就是长久的静默，巴尔达站在门口，尽管露水已经打湿他的裤脚，可他的衣领比裤脚还湿。他听着屋里发生的一切，炉子上烧水壶发出的咝咝声，弟媳灌暖瓶的声音，小婴儿啼哭的声音，安德斯安抚孩子的声音……

最后，弟媳说："尽管你们都不愿意承认，但我觉得你们心里还是惦念着对方的。"

"说点儿别的吧。"安德斯说完站起身，朝门口走来。巴尔达只好躲进木棚里，可安德斯正好要去木棚拿柴火，巴尔达躲在角落里看着弟弟，安德斯并没有发现他。安德斯还穿着以前从战场上带回的制服，巴尔达也有一件。他们曾一起许诺说要珍藏这件衣服，不会再穿上它。可现在安德斯身上的制服已经破旧不堪，好像一片破布包在身上。巴尔达听到了金表在他口袋里发出嘀嗒嘀嗒的声音，这声音让他不安。

安德斯走进木棚，并没有马上拿柴火，而是靠在柴堆上，向着星空长叹一口气："哦！我的上帝！"

这句话后来总回响在巴尔达的脑海中。安德斯咳嗽了几声，抱起柴火，轻轻从他身旁走过。他多想走上前去，和弟弟和好。可怎么也没法挪动一步，汗水浸透了他的衣衫，树枝刺着他的脸，他就像一尊雕塑一样站在那里，直到他因为寒冷而战栗，他真是太懦弱了。

确定安德斯走了之后，他忽然想到了另一个计划，他制作了一支小火把，借着亮光找到了安德斯早晨打谷时挂灯笼的那根木桩，他把金表挂在了木桩上，又将火把吹灭。

他感到前所未有的轻松和快乐，仿佛又回到了少年时代，他把雪踢得老高，怀着无比美好的期待回家了。

第二天，当巴尔达听到谷仓被烧毁的消息时无比震惊，这场灾难毫无疑问是他挂金表时，火把上掉落的火花引起的。

他被这一切击垮了，他闭门不出，在家里高声唱着赞美诗，一遍又一遍，家人认为他完全疯了。可是他却趁着夜色踏上了通向弟弟家的路，他在原来有木桩的地方翻找，灰烬中有一小块熔掉的金子，那就是那块金表。

巴尔达握着这块金子，想走进弟弟家，把事情的来龙去脉讲给他听，请求他的原谅，寻求兄弟的和解。但他再一次失败了。

他的古怪行为被其他人看见，他的家人也证实了他那一天癫狂的状态非比寻常。这些消息汇集在一起，传遍了教区，于是兄弟俩的起诉也开始了。虽然没有任何人能够提出确凿的证据证明巴尔达有嫌疑，但是在他看来他离弟弟更远了。

谷仓烧毁的那天，安德斯也曾想到过巴尔达，但是他马上又否定了自己的想法，没有和任何人提起。但当第二天晚上巴尔达十分激动地进入他的屋子，面色苍白，言语激动，他又不禁怀疑是否是悔恨让他的哥哥变成了这样，但是同时他又想到如果真的是巴尔达犯下这样的罪行，而且还是对他的亲弟弟，那种行为就无法得到宽恕。后来，他又听说火灾发生的那个晚上有人看到巴尔达在谷仓的方向。在审判庭上，没有人知道真相。

巴尔达衣着整洁，装扮考究，而安德斯仍然穿着打着补丁的破旧衣衫，当他们在审判庭相遇时，巴尔达望着安德斯，眼神中透出哀怨与恳求。安德斯领悟到了哥哥的恳求，他在内心深处已经做了决断，于是当法官问到他是否确定哥哥的嫌疑时，他斩钉截铁地对法官回答："不。"

也是从审判结束的那天，安德斯开始酗酒。这无疑是一条自我摧毁的道路。而巴尔达的情况更糟糕，虽然他没有任何不良的嗜好，但内心的谴责已经让他消瘦不堪，精神涣散，就连熟识的人都很难认出他来。

几年后的一天，一位可怜的妇人在深沉的夜色中来到巴尔达的出租屋，恳请他随她走一趟。巴尔达借着月光认出了这名妇人，她是他弟弟的媳妇，他也马上明白了她来找他的缘由，他的心又纠结在了一起，把衣服穿好之后就随着弟媳走到了安德斯的家。当巴尔达再次站在弟弟家的门前，他感到了陌生。屋内的气味也让他更加肯定了自己的预感。

巴尔达走进屋子，一个消瘦的小孩站在火炉边。孩子面庞黑瘦，牙齿雪白，笑起来的样子很像安德斯小时候。没错，这就是他的侄子。

安德斯躺在床上，没有像样的被子，而是把一些衣服堆在了他的身上，他已经瘦得只剩一把骨头了。他的眼神空洞，自从哥哥进来就一直盯着他，由于病痛的折磨，他的前额和颧骨已经高高耸起。

巴尔达慢慢地挪到床边，他再也控制不住自己，号啕大哭起来，病床上的弟弟只是看着他，一句话也没说。过了一会儿，弟媳和侄子出去了，屋子里只剩下久别重逢的兄弟俩。这时他们终于开始了交谈，他们开始回忆过去，从童年的美好生活到竞拍金表的那一天，再到眼前的这个时刻……当然，巴尔达也把压在心中多年的往事说了出来，他讲了关于谷仓的一切。弟弟茫然地点了点头，巴尔达又从怀里拿出了那块他一直带在身边的小金块，也就是那块熔化了的金表。历历在目的往事和眼前的金表，让兄弟俩泪眼婆娑，现在他们终于化解了一切矛盾，他们从来没有这么开心过。

虚弱的安德斯没有办法说更多的话了，接下来的日子，巴尔达日夜不停地照顾他。一天早上，当安德斯醒来，他感觉从未有过的舒适。他对巴尔达说："我感觉我全部都好了，我的哥哥，从现在开始，我们会永远住在一起，永不分离，就像以前一样。"但是第二天安德斯却再也没有醒来。巴尔达负责照顾他的妻子和孩子，他们生活得很好，兄弟俩冰释前嫌的过程也传遍了整个教区，而巴尔达成为他们当中最受尊敬的人，因为他是一个经历了人生中重大悲痛，又重新寻找到了幸福和快乐的人。从此，巴尔达的内心变得更加坚强，也更加善良，他尽职尽责地帮助教区内的所有人，仿佛这是他的责任，于是这位老下士担任了教区学校的校长，他找到了大爱也不断地把爱给予别人，在孩子们的眼中，他就像父亲一样。

以上就是关于校长的全部故事，这些故事也深深地印在了厄于温的脑海中。得知了这些故事之后，校长在厄于温眼中更加和蔼可亲了。每次背诵过关后，校长总是温柔地拍拍他的头或者给他一个肯定的微笑，这样就能让他感到无比快乐。校长有时会在唱诗前给孩子们做个简短的演说，也有时在每周一次的诵读会上读一些关于敬爱邻里的诗歌。当他朗读这些诗歌的时候，声音总是因为激动而颤抖，尽管这些诗歌他已经读了二十多年了。

> 用对待生命的热诚爱你的邻居，
> 不要用自私摧毁他，
> 尽管有时他已跌入深渊。
> 爱是一只幸福之手，
> 用魔杖引领着
> 相信它的所有人。

每当颤抖着说出这开头的部分，他的情绪就会越来越激动，当他读完整首诗歌总会停顿片刻，然后默默地流着眼泪，孩子们看到他的样子也会肃然起敬。不过校长会很快地调整好自己的情绪，大声吆喝："好啦，今天就到这里！起来吧，小毛球们！回家去，安静地回家去，我希望都能听到夸奖你们的好话。快走吧，孩子们！明天再早早地来，小家伙们！不要睡懒觉，天亮就来学校，努力学习，勤勉用功！"

第四章　圣诞节前的舞会

厄于温生性活泼好动。他每天早上学习，白天帮着干家务和农活儿，晚上则尽兴地玩耍，即便是在举行坚信礼之前的日子，他也依然如此。

厄于温的家一边是悬崖，一边是树林，再往前还有一个大山坡延伸到海湾，整个冬天这里都是教区年轻人滑雪的好地方。厄于温也就自然而然成了这座山的小主人，他做了两个雪橇，给它们命名为"快脚""懒汉"。

在年轻人周末的聚会上，总少不了有人来租厄于温的"懒汉"，而厄于温自己，则常常驾着"快脚"，让玛吉特坐在他的腿上一同滑雪。那阵子厄于温每天早上醒来都会仔细地观察外面的天气，如果天气不好，黑云压着海湾，他就会慢慢地穿上衣服，无精打采，好像没什么事可干。

但如果发现天气晴朗凉爽，而且又是星期天，他就会穿上最好的衣服去教堂参加教义问答，因为星期天是不用干农活的，而下午和晚上就是他的娱乐时间了，他会和男孩子们一起在山崖间驰骋，他们驾着雪橇从山坡上一路冲下来，他们的叫喊声穿透了海湾上空的山峰，他会越过人群东张西望地寻找玛吉特。可每当玛吉特出现，他就又会不再注意她了。

在举行坚信礼之前的圣诞节，也就是玛吉特十六岁生日那年，按照惯例，圣诞节之后的第四天，在海德嘉德高地上，玛吉特家会为她举办一场派对。这个承诺是玛吉特的外公做的，他已经承诺办这样的派对三年了，厄于温也受邀参加。

这天晚上并不太冷，浓云遮住了夜空的星星，看样子第二天是要下雨。这样的夜晚让人昏昏欲睡，外面的路上有积雪，一片片光滑的冰带交错在雪地和田野之间，在夜空下闪着粼粼的光。悬崖另一侧的山峰刚刚发生过雪崩，那边的道路又暗又黑，两边都是雪块。邻近的森林，树冠高高相连，在路上投下了阴影。被冲击了的草堆和沼泽，静静地躺在山峦之间。

在这阴暗的冬夜，平原中央密集的花园也失去了往日的颜色，好像一片黑色的色块。花园后边就是玛吉特的家，从房子窗户里折射出的光亮可以看出房子里的忙碌，这些光亮照亮了田野。

从远处聚集而来的年轻人，只有一小部分是从路上老老实实走来的，大部分都是在到达花园之前就绕到了原野上，有的躲在马厩后面，有的躲在谷仓后面，还有的小心翼翼地藏在库房边。他们用狐狸一样的尖叫声和猫叫声互相沟通，最后所有人都互相追来追去。

女孩子们则优雅地结伴而来，在花园小径中漫步，一些男生聚在她们周围，跟着她们，好像这样他们就是年轻的绅士了。还有的孩子特别害羞，静静地躲在一旁，玛吉特还要专门去叫他们加入玩耍。

玛吉特请了她最要好的几个朋友到一个小房间里，那里有她的外祖父和外祖母，老两口儿给孩子们倒上饮料，和他们逗趣聊天。因为教区里最好的小提琴手要晚些时候才能来，所以他们先请了一个男仆来拉小提琴，这个男仆能拉四支舞曲，其中两支是跳步舞曲，一支霍林舞曲和一支叫作拿破仑华尔兹的老式舞曲。

当男仆开始拉小提琴，舞会也就开始了，随着屋子里的气氛渐渐热烈，屋里也变得越来越热，麦芽酒让年轻人兴奋了起来，玛吉特整晚几乎一直在舞池里，她无疑是整场聚会的主角。厄于温总是去看她，但她却一直和其他小伙子跳舞，厄于温也很想和她跳，所以就坐着等了一曲，本打算在曲终时赶到她的身边，但是半途却被一个头发浓密的高个子抢了先。

"我先！臭小子！"大个子叫喊的同时大力推了厄于温一把，推得他倒退了好几步，差点儿把玛吉特撞倒。这样的事情还是第一次发生，平时大家都很喜欢他，也从没有人喊过他"臭小子"。他觉得受到了侮辱，瞬间脸涨得通红，于是一言不发地走回到座位。

迟到的小提琴手还在调琴，人群也静默下来，大家都在等着小提琴手拉出一首激昂的乐曲，把舞会推向高潮。终于，《春之舞曲》响起来了，男孩子们兴奋地大喊，狂热地跳跃，三五成群地围成圈跳舞。

厄于温的热情被泼灭了，坐在旁边看着玛吉特和别的男孩跳舞。兴起时她还靠在对方的肩上大笑，洁白的牙齿泛着光芒。他第一次感到心中不是滋味，生出了一股奇怪又剧烈的疼痛。这种感受前所未有，所以他只是痴痴地望着玛吉特，此时的她已经出落成了花季少女。舞曲结束后，那个发色偏深的男人还没有放开玛吉特，拉着她坐到了旁边，还把她拉到自己的膝上。玛吉特已经是成年人了，她起身挣开，但还是坐在了他的身旁。

厄于温仔细观察起这个男人，他穿着上好的蓝色呢绒套装，搭配了相同颜色的格纹衬衫，一条丝质颈巾柔软地绕着他的脖子。他脸盘方正，一双蓝色的眼睛很有魅力，眼神中散发出激情和活力，嘴角时不时流露出轻蔑的笑容，毫无疑问，这个男人十分英俊潇洒。

厄于温又低头看了看自己，他觉得自己的装扮实在是太寒酸了，他穿了一条专门为圣诞准备的新裤子，原本自己对这条裤子还比较满意，但和那个男人比起来，这也不过是一件乡下人的衣服罢了，虽然他的外套也是呢绒材质的，但是由于陈旧，颜色也十分暗淡，背心上的纽扣也显得很过时。就这么匆匆一瞥，他也仍然感受到了窘迫。再看看玛吉特，她今天穿了一条十分得体且用料考究的黑色连衣裙，后脑上一顶小小的丝质礼帽与她手里的丝质手帕相得益彰。一枚银色的胸针在围巾上闪闪发光，今晚的她看上去光彩照人。尤其是当她笑起来，明艳的眼睛波光流转，一片朝霞飞上她的面颊，你会惊叹她的嘴巴能够拉成那么好看的弧线，浅浅的梨窝更增添了她的可爱。厄于温见过的山间的四季最美的颜色都在她的面庞上了。

"嘿！厄于温，你怎么不去跳舞？"他的伙伴汉斯走过来问道。

"啊……没什么……我只是有点儿不舒服。"厄于温紧接着问，"你知道那个坐在玛吉特旁边，穿蓝色绒面西服的人是谁吗？"

"他啊，他是乔恩·汉特，听说他之前一直在外面的农学院上学，也许会回来管理农庄吧。"

与此同时，乔恩也发现了一直注视着他的厄于温，于是他问玛吉特："远处有个男孩子一直看着我们，他是谁？"

"哪个？"玛吉特转身看着周围。

"坐在提琴手旁边，浅色头发的那个男孩。你认识他吗？"

"哦！他是普拉德森的儿子，普拉德森是我们这里的勤杂工。"玛吉特笑着回答说。

厄于温虽然一直知道自己的身份并不高贵，但这一刻他才实实在在地感受到身份和地位意味着什么。他突然觉得自己低到了尘埃里，窘迫一瞬间侵袭了他，他强迫自己去回忆些值得骄傲的事，不然真的无法忍住泪水。他想起了在学校里的日子，想起了校长对他的赞许，想起了期中考试后牧师夸奖他聪明，父亲在旁边欣慰的笑容。"打起精神来！厄于温，"他仿佛听到了校长亲切的鼓励，"这些都是小事，不要在意。你应该聪明一点儿，哪怕没有考究的衣服，没有和玛吉特在这样的聚会里跳舞，我们依旧可以享受交流的乐趣，总有一天你也会成为新郎，会拥有你的新娘，我会带着唱诗班祝福你。你的母亲会在家里盼望你，你还会拥有大农场……有许多奶牛，可能还有几匹马……这些都会有的。你看玛吉特，她还是和以前一样的可爱。"

舞会暂时告一段落，在中场休息的时候，玛吉特和乔恩就坐在他前面的凳子上。两人脸对脸亲密地说笑，那种强烈的灼烧感再次侵袭了厄于温的心，他第一次感到了伤心。这时玛吉特径直朝他走来，俯下身子说："你不要总是盯着我看，你的举动人们都注意到了。别在这里坐着了，快找个舞伴跳舞吧！"他再也承受不住，泪水在他看向玛吉特那一刻夺眶而出。玛吉特看到这一幕，突然脸红得像火烧一样，立刻起身回到了座位上，然后又转过身来，之后又迅速换了一个位置，乔恩也一直跟着她。

厄于温离开了舞厅，穿过狂欢的人群，到了外面的雪地上，他的大脑一片空白，只知道心痛的感觉。他走走停停，不知道要去哪儿，也不想回舞厅。他在走廊上坐下又站起来，换了个位置又坐下，然后又站起来，就这样起起坐坐，最后他突然明白，在哪里坐下都一样。他已经没法再面对刚才发生的一切，他也许已经没有可以憧憬的未来了。因为他已万念俱灰，再也不对明天抱有希望。

"可我现在又在干什么呢？我又在想什么呢？"他自言自语地问自己，虽然这样很痛苦，但他还是继续跟自己对话。"你还能说话。"他听到了自己的声音，"你还能笑吗？"接着他听到了自己的笑声。没错，在这样的痛苦之中他还是可以笑，甚至可以大笑。他真的这么做了。他又突然醒悟，一个人坐在角落里傻笑真是一件奇怪的事，想到这里他笑得更大声了。不知道什么时候汉斯来到了他的身边，也对他的怪异行为惊诧不止。"上帝啊！你不去跳舞，在这里傻笑什么呢？"厄于温停止了大笑，却不知道如何回答他。

汉斯靠近他坐了下来，似乎很有耐心。

厄于温叹了口气，看看四周没有其他人了，低声对汉斯说："汉斯，我的朋友，以前我觉得我每天都无比开心快乐，原来是因为我没有爱上任何人。而现在我想告诉你，只要某一天我们爱上了某个人，我们就没法再快乐起来了。"他说到这里突然哭起来。

然而一声压低了声音的喊声从院子里传来，"厄于温！"接着又是稍大一声的"厄于温！"他听出来是玛吉特的声音。

"我在这里。"他擦了擦眼泪，站起来回答。接着就听到她的脚步声越来越近。

"是你自己在那儿吗？"

"不，还有汉斯。"说着厄于温往前走了几步，而汉斯想赶紧离开。厄于温拉住了他，"请你不要走。"他几乎是在恳求。

玛吉特也走近了。她明亮的眼睛看着厄于温："你很早就离开了舞厅。"她的语调很平静，接着是长久的沉默。厄于温不知该说些什么。汉斯认为再这样待下去只会更加尴尬，他鼓励似的捏了捏厄于温的手就离开了走廊。而厄于温只是望着汉斯离开的方向，玛吉特则朝向花园，他们不看对方，不说话，也不走开。

"这是给你准备的圣诞糖果，我已经装着它一晚上了。"像自言自语，玛吉特从口袋里掏出一个苹果、一块面包和小半瓶糖果。"之前总是没有机会给你，现在好了。"

厄于温从她手里接过这些圣诞礼物，"谢谢，谢谢你。"不经意间碰到了她温暖的双手，他赶快拢住东西，迅速收回自己的手，就像被电了一样。

"嗯……今天晚上你跳了很多支舞……"他小声说。

"是的，我一直在跳舞。但是你没怎么跳。"

"嗯……"

"厄于温！"

"怎么？"

"你今晚为什么坐在提琴手边那样看着我？"

"我……玛吉特！"

"怎么？"

"你不喜欢我看着你吗？"

"可是今晚人太多了。"

"那你还一直和乔恩·汉特跳舞，一支接一支地跳。"

"是的，因为他跳得很好。"

"是，我也承认他跳得不错。可是我不知道自己究竟是怎么了，你知道吗？玛吉特，"他鼓足勇气说，"我不能容忍你跟他跳舞。"

"我不理解，厄于温。"

"我也不理解。哦，我现在这样简直像个傻瓜。太愚蠢了。"他说着感到没法再在她面前待下去，"再见，玛吉特，我想我该走了。"

"等等，我要告诉你，"她追了一步，"你错误地判断了你看见的东西。"

他停下来，转过身对她说："但是你已经不再是小女孩了，你是一位小姐，这总不会错的。"

她没有得到她想要的回答，一切又归于沉默。

这时，一束手电光从转角打过来，那是她的外公："是你在那儿吗？玛吉特？"

"外公，我在这里。"

"你在跟谁说话？"

"厄于温。"

"谁？"

"厄于温·普拉德森。"

"厄于温，那个勤杂工的儿子。好了，现在过来，回来，跟我进去。"

恍惚又盛大的一次舞会就这么结束了。

第五章　新的愿望

第二天上午，厄于温像往常一样醒来。他做了个好梦，梦里玛吉特躺在悬崖上，他站在下面，玛吉特不断将树叶朝下扔到他的身上，他又抓起那些树叶扔回去。上下飘舞的彩色树叶和悬崖上欢笑的玛吉特构成了一幅美丽的画面。直到阳光耀眼，玛吉特也闪闪发光，一切都变得那么亮，他才发现灯光照着他的脸。当他睁开双眼，那一切闪光的影子也都消失了，取而代之的是勤杂工的房子，那种心痛的感觉又袭击了他。"也许这种痛楚要永远伴随我了。"他悲伤地想着。随后那种被未来遗弃，置身事外的冷漠又从他心底升起。

"你醒了啊，今天比往常睡的时间长得多。"母亲进来说，"快起来吃早饭吧！你爸爸已经在林子里干活儿了。"

妈妈的话语安慰了厄于温，也让他暂时从悲伤中走出来，回到现实生活中。母亲似乎没有察觉到他有什么异样，因为前一天的派对和舞会也让她想起了她的青年时光，那些在舞厅中旋转的日子。

在厄于温起床和吃早餐的时候，她就坐在纺车前，一边纺线一边和着纺车转动的声音唱起歌来，手脚也好似踩着旋律，灵巧地操作着纺车。厄于温吃完早餐，端着牛奶站在窗边。外面的天气十分糟糕，霜冻笼罩着大地，昨天看来要下雨的沉云今天依旧压着天空，更糟的是已经下起了雨夹雪。厄于温一口气喝光牛奶，心情沮丧地穿上他的雪地靴和夹克，带好皮帽子和手套，就扛上斧子出门了。

雪片和冰雨冷冷地拍打着他，平时通往左边森林的路此刻变得无比难走。因为在森林和海岸中间有一座山脉的余脉。从前每次翻越这里的时候他总觉得生活无比幸福，一切都那么快乐，自然呼应着他心底的渴望，向他展示着所有美好。而这次的翻越却那么困难，乏味又费力，他感到十分疲惫，膝盖又僵又直，以致他在雪地上摔倒了。他趴在潮湿的雪地上，冰冷的雪似乎也冻住了他的欢愉，他觉得自从舞会过后，连这座大山也变了，再也无法让他快乐起来。

他爬起来，揉着自己的膝盖，林子里静悄悄的，一只受惊的雷鸟尖叫着划破这寂静。厄于温也开始考虑自己或许该渴望些其他的东西。可是他还有什么理想呢？他渴望的东西不在家里，也不在娱乐上，也不在工作上。他突然觉得有更高一级的东西似乎一直在引导和吸引着他，就像一首高亢又神圣的乐曲飘拂在梦境中，虽遥不可及但切实存在。之前不明朗的线索现在似乎清晰了起来，他想起了校长。于是他很快就确定了他的愿望：在春天举行的坚信礼上成为第一名。他的心因为激动狂跳起来，没错，就是这样，他要做出些什么来改变这一切。这个愿望像一把尖刀刺着他的心。

此刻他的父亲仍然像往常一样伐树，没什么好对儿子说的。勤杂工的儿子有什么好说的呢？厄于温走到父亲身旁，随着他的节奏伐树，小树林也在阵阵斧头声中颤动。他们默默地砍着，默默地把木头堆成堆。

在做这些的时候，厄于温不禁感叹："勤杂工必须要努力干活儿啊！"

"勤杂工要努力干活儿，其他人也一样。"父亲看了厄于温一眼，"你和别人没什么区别。"接着又挥起了斧头。

"可如果你拥有一个农场呢，农场主就不会这么辛苦地干活儿了。"厄于温拖着父亲砍倒的木柴说。

"哦！即便是那样，农场主也有其他要忙活的活儿，不见得比我们轻松。"这时，母亲拎着他们的午饭来了，她还是哼着歌，开开心心的。

厄于温和父亲停下手里的活儿和母亲一起坐着吃饭。

"你们刚才在聊什么？"母亲问。

"厄于温想知道勤杂工和农场主是不是一样的辛苦。"父亲答道。

"哦！那你长大以后想做什么呢？"母亲转向了厄于温。

"勤杂工的儿子能有什么出路啊……"他嘟囔着。

"校长说你应该上神学院。"她认真地看着儿子。

"那学费怎么办？"

"学校的基金会可以先垫付，如果你能去的话。"父亲突然插嘴，好像谈论别人家的事一样轻松。

"那你想去吗？"母亲追问。

"我想继续学习，但是我不想当校长。"厄于温答道。

于是他们都沉默了，随后母亲又哼起了小曲。厄于温吃完饭走开了，独自走到了另一边坐下。

"你知道，我们其实并不需要向基金会借钱。"母亲低声对丈夫说。

"不需要？"丈夫也盯着她，"像我们这样的穷勤杂工？"

"托雷，你知道我不喜欢你这么说话。我们并不是像你表现得那么穷，所以不要哭穷了。"

说这话时，母亲望着厄于温，确保儿子听不到他们的谈话。

"这么说你的确很明智啊。"托雷看着他的妻子，直到她笑起来。

"感谢上天让我们有一点点富裕了。"她说着。

"我们感谢上天，但我们不会戴上银纽扣。"说着托雷用汤勺当作银纽扣，比画了一个绅士的样子。

"是是是，你是对的，可我们不该让厄于温就那样去参加舞会，他昨天的打扮实在不怎么样。"

"他是勤杂工的儿子。"托雷变得严肃了一些。

"这不是能买得起，但却不给他得体衣服的原因。"母亲有些激动。

"你再大声一点儿他就听到了。"

"他心事重重，根本没听咱们在说什么，我倒是希望他能听见。"

"是啊是啊，就像我们住的破房子。"

"你为什么从来不说我们经营的磨坊呢？别总拿住所说事。"

"哦，我还没告诉你，也许你不能容忍它们几乎已经消失了。"

"我当然能容忍，谢天谢地。希望它们一直运转，没有休止。"

"现在它们已经停工了，自从新溪开了一个磨坊，我们这里就非常惨淡了。"

"可校长不是这样说的呀！"

"看来我们应该找个更谨慎的人，而不是让校长来帮我们管理账目。"

"没错！他还应该少跟你交谈。"

托雷没有回答，他只是靠在木柴堆上，慢慢点燃了烟袋，默默地抽着，望着高树上的鸟巢。

厄于温独自坐在另一边，他感到未来就如同这海岸绵长的冰带。贫困从四面包围了他，他必须想办法突破贫穷，摆脱困境。他已经从心里认定，玛吉特已经离他而去，选择了乔恩·汉特，也许他们很快就要订婚了。但是他决定再也不能像昨天那样窝囊，他要在未来的跑道上与他们一争高下。他要有所成就，做一番事业，他在心中追寻着这种渴望的声音。他模糊地觉得学习是他的出路，但他还不清楚究竟学习能让他达到怎样的高度，这还需要好好思考。

晚上，孩子们照例来到山上找厄于温滑雪。厄于温把"懒汉""快脚"都借给了他们，而他自己则坐在火炉边看书。他感觉他一分钟也耽误不起，男孩子们一拨又一拨地来招呼他一起出去滑雪，他置之不理，于是孩子们一个接一个不耐烦地离开。他们朝窗户里面大喊，用雪团砸向屋顶，厄于温只当没有听见。连续几天都是这样，大家都感到非常奇怪，来看他的人越来越多，他就只是每天坐在火炉前读书，背对着门和窗户，抵御一切来自外面的干扰，虔诚地捧着书本，想要记住每个词的意思。这样又过了几天，他从汉斯在窗外的喊话中听说，玛吉特也不再跟他们一起玩儿了。这个消息让他更加坚信了自己之前的判断，于是他变得更加用功读书，连他父亲都觉得他勤奋得过了头。

他整日读书，几乎不出去玩耍，神情也越来越严肃、深沉。他圆润可爱的面庞现在变得又瘦又尖。当玩乐的诱惑出现，他开始动摇的时候，就仿佛有另一个他在耳边嘀咕："下次再玩吧！""以后再玩！"就这样总是下次，总是以后，孩子们在他屋外的山坡上滑着雪橇，大声尖叫，放声大笑，可就连这些声音也不能动摇他。他之前对滑雪橇的热爱就像太阳下的露珠，顷刻间烟消云散了。直到孩子们换了另一个山坡，小山崖就被闲置了。

这一切变化都被校长看在眼里，厄于温以前是把玩耍当作己任，绝不放过任何一次玩耍的机会。他读书虽也不错，但那是因为轮到他了，他不想辜负校长的期望，而非发自内心。现在的厄于温虽然勤奋得出奇，却把真正的自己藏在了书本后面。校长也时常和厄于温交谈，不管他用什么样的手段和办法，都没法像以前那样让男孩对他敞开心扉。为此他也私下和厄于温的父母谈过，仍然没有什么结果。直到晚冬时节的一个星期天，校长在晚上来到了厄于温家，厄于温仍然和以前一样乖巧听话，他们在火炉边坐了一会儿。校长提议和厄于温出去走走，男孩温顺地穿好衣服，跟着校长一路走向了海德嘉德高地。

他们边走边聊，似乎没有什么主题，不过两个人都很开心，当他们走近海德嘉德农庄，校长突然转向，朝农庄中心方向的路上走，渐渐地，他们听到了小提琴声和人们的叫喊声，校长笑着对厄于温说："看来这里在举办舞会，我们也进去好吗？"

"不了，校长。"厄于温语气坚定。

"你参加过舞会吗，孩子？"

"不，没有参加过。"

"那你打算什么时候参加呢？"

年轻人不说话，也不回答，只是垂着头站在那里。

"来，过来孩子，"校长朝他招手，"我们可以现在就参加这个舞会。"

"不，我不想去。"他的态度更坚决了。

"如果校长的意见是你应该参加舞会呢？"

厄于温依旧站着不动，也不说话。

校长语气更缓和了："是不是里面有你害怕见到的人？"

"我不知道谁在里面。"

"那如果她在呢？"

年轻人再度选择了沉默。此刻校长一切都明白了，他走向厄于温，把手轻轻搭在他的肩上，向他传达了信任的力量。"你害怕见到玛吉特，对吗？"

厄于温不敢面对校长灼灼的目光，但他的呼吸因为激动变得沉重和急促。

"没关系的，孩子。也许你现在还不敢面对，这是因为你没有受坚信礼。"校长的话语敲在他的心上，"但是不论发生什么，你一定要告诉我，亲爱的厄于温，相信我，你不会感到后悔的。"厄于温抬起头望着校长。

"从圣诞节以来你都不开心，是因为玛吉特关心别人比关心你还多吗？"

厄于温默不作声，心痛的感觉始终挥之不去。看到他这样，校长也感到有些受伤，只好挥挥手，转身带着厄于温原路折回去。

他们就那么一前一后沉默着走了很久，校长还是觉得应该引导这个孩子，于是他专门停下来等厄于温走到他身边。他不能再和厄于温谈关于玛吉特的话题了。于是他说："我想你是急着要受坚信礼吧？"

"是的。您说得不错。"男孩终于开口了。

"在那之后你想做什么呢？"

"我想去神学院。"

"你也打算将来成为一名校长吗？"

厄于温摇了摇头，说："不。"

"你认为校长不伟大？"

厄于温又沉默了，他不知该如何回答。

校长问："那么倘若你从神学院毕业了，之后你要做什么？"

"我还没有考虑那么远。"

"没有考虑，但是我敢说，厄于温，"校长用他的智慧洞察了男孩的心意，"如果你有钱的话，一定想为自己买一个农场。"

"是的，我会经营磨坊。"

"如果是这样的话，那我认为你最好去上农学院。"

"在农学院也能和在神学院的学生一样，学到同样多的知识吗？"

"不太一样，农学院的学生学的都是之后可以用到的知识。"

"他们也学习数学吗？"

"为什么要问这个？"

"我想成为一个好学的人。"

"哦，厄于温，"校长笑了，"即便不学数学，我相信你也是一个好学的人。"

他们又慢慢朝前走着，直到看见普拉德森，从房子里透出来的光照亮了外面，悬崖像黑色的巨兽耸立在那里，悬崖下面的河流上结着厚厚的冰，冰面在这冬夜的月光下闪着凛冽的光。月亮悬在高高的空中照耀着寂静的小树林，可以看见靠近海岸的树林里积雪已经融化，树木斑驳的影子倒映在冰面上，有着别样的静谧。

"普拉德森真美啊！"校长不由得感叹说。

没错，厄于温以前也认为这里非常美丽。从小到大，不论是母亲给他讲故事的时候、还是他在山坡上驰骋滑雪的时候，在他的视野里，普拉德森的山崖、树木、河流都是那么美丽，而如今他似乎已经淡忘了这些美景，于是他叹了口气，回答说："是的，很美丽。"

"你的父亲年轻的时候就在这里找到了他渴望的东西，对这一切你应该感到满意才是。"

愉快的氛围似乎又凝固了，校长站在那里，好像在等着什么答案，但是除了沉默他没有收到任何回应，他只好摇摇头，跟着厄于温进了屋。天色已经不早了，他和厄于温的父母又坐了一会儿，但是大家都非常沉默，没有什么好谈的，他起身告别，夫妇俩把他送出了门，期待着他能说些什么，然而他们只是站在那里，望着月光下的普拉德森。最后厄于温的母亲说："今晚真是安静啊，孩子们也都去其他地方玩耍了。"

"没有一个孩子会待在屋里的。"校长说。

"您一定也知道了，厄于温最近不太开心。"

"哦，不是你想象的那样，有抱负的人永远都不会开心的。"校长用老者的沉稳目光凝视着头顶的夜空回答说。

第六章　考试终于来临

　　原定在春季举行的坚信礼考试一直被推迟到了秋季，也就是圣诞节舞会大半年之后，教区内的孩子们都前来参加，牧师雇工的前厅被用作临时等待室，楼上的房间就是考场无疑了。起初，考生们都在前厅里等待测验开始，包括厄于温和玛吉特，考生们非常紧张，有的孩子还在默默背诵着，而玛吉特却显得非常轻松。此时的她已经完全发育成为一名美丽的女子了，她身材匀称，腰肢纤细，为人十分亲切，待人随和。听说她在和男孩子们聊天的时候也从不刻意隐瞒自己的住址，并且所有人都知道，教区内最优秀的竞争者——乔恩·汉特在追求她，玛吉特当然也很为自己高兴。

　　厄于温当然也比前一年看起来成熟多了，他长久以来的努力就要得到验证。每位学生的测试都进行得很快，但是牧师们还在商量通过的情况以及考生们的成绩。玛吉特考得很顺利，因为当她从楼上下来的时候，手里还抱了一本好看的书——那是牧师送给她的，牧师对她的表现也十分赞赏。她神情激动，和女友们谈笑着，女孩们聊天的时候还不时向男生那边瞥几眼，她们开心地笑着。没有通过的孩子却站在楼下的门边哭泣，其中一个小男孩穿着父亲的旧皮靴，戴着母亲的礼拜日方巾，哭得格外伤心。他低声地抽泣着："哦，老天，我不敢回家……哦，我该怎么办……"他的哭声让其他的孩子陷入了不安，他们十分同情他，但更担心的是自己是否能通过考试，或者成绩是否满意，焦躁的情绪逐渐在人群中蔓延开来。

男孩子们觉得口舌发涩，吞咽口水都变得十分艰难，眼睛也发干发涩，似乎看不清东西，他们越是紧张得想要眨眼或者想要咽口水，这种干涩就越严重，他们进入了一个无解的可怕循环当中。

一个男孩子坐在远离人群的角落里，估量着自己的水平，在早上来到等待室之前，家人的鼓励和自身的勇气让他感觉自己无所不知，而看着现在周遭的现实状况，他又觉得自己几乎是一无所知了，甚至连怎么阅读都不知道。

另一个男孩则怀着虔诚的心，回顾自己自降生以来并不太长的人生，历数自己曾经做的种种错事，现在他觉得那些"罪行"历历在目，从他有记忆开始到现在，他几乎认定自己是个劣迹斑斑的人了。他天真又悲哀地祈祷着，但又绝望地想，像他这样的人，上帝安排他不能通过考试也实在没什么好奇怪的。

比起前两个男孩，第三个男孩已经完全沉浸在自己的世界中了。他突然发现自己和这个世界好像有着很大的隔膜，甚至不能同步。因为钟摆在他数到二十的时候，却没有敲响第一声。他在准备考试的走廊里竟然听见了小男仆拉尔斯的声音，让他不知道今夕何夕，自己身处何处。但他没空考虑这些，他看着窗外，又突然思考起更为严肃的问题：下大雨时，雨水是怎么渗到窗户里来的呢？他不停地观察和想象着，最后认定雨水是顺着玻璃的轮廓蔓延进来的。最后他笃信，自己今天能不能成功就在于能否把右脚扭到左脚前面。毫无疑问，这件事他显然做不到。

第四个男孩在一遍遍自问自答之后确信，如果牧师问到有关《圣经》中的问题，或者教义问答，或者以色列国王以及耶稣和十诫的相关问题，他应该都可以回答，或者，等等，他又想起了别的兴许他也会的内容，或者上面的这些他未必全会。他又想到，牧师不会问那么大范围的问题，那么如果缩小一点儿的话……能确信的只有《圣经》历史中的约瑟问题，或者教义问答里关于仪式的内容，或者以色列国王扫罗的才行，嗯……还有国家有哪些职责……如果不是被牧师叫到名字，马上上楼去考试，他还要再演上六七遍……

第五个男孩在复习时读到耶稣在山上说的话，也就是关于信徒言行准则的那一章，就彻底被那些内容迷住了。有时他扛着雪橇往山坡上走也会想起这段话，还有书中描写的情景。有时他躺在谷堆上望着天，天空中的云朵被太阳镶上金边，他也会觉得是上天要传递什么，于是他便立马想到"登山宝训"当中的话。在临近考试的日子里，他做梦时都会梦到这一段，他觉得这就是冥冥当中给他的启示，他深信自己一定会被问到相关的内容，所以他不停地默默重复着，重复着布道的部分，重复着"八种福气"……直到他被牧师叫上去回答关于大小先知的问题。

第六个男孩在等待室里想到了约瑟牧师，想到了平时约瑟对他的教诲，约瑟是个非常优秀的牧师，平日里和他家，尤其是和他父亲关系非常好；想到父亲，他又想起了校长，校长那么慈祥，总是帮助他面对所有幸运或者不幸的事。他想着上天一定也是这么慈爱的长者吧，如果他有化身的话，一定会普济苍生。最后他的思绪又回到了母亲和家里的其他兄弟姐妹身上，他们此刻肯定在家里为他祷告，他也不由得祷告了起来，这一定会管用的，他想着。

第七个男孩刚刚放弃了他此前所有生而为人的理想。他曾经幻想过当上一个地区的国王、成为号令四方的将军，或者是一名修养深厚的牧师，曾经都已经成为过去。他在等待考试的时候觉得或许自己还可以试试当个海盗，有无穷无尽的财宝等待着他去发掘，他简直是海的勇士，不过在成为勇士之前，可能得先是个优秀的船长，哦，不，或者当个大副也可以。如果再不行，那就当个水手或者终极水手长。听起来不错，可现实是他不大可能出海，"哦，算了。干脆还是在父亲那里当个男仆吧。"他望着楼上的门悲伤地感叹。

第八个男孩对自己信心满满，虽然不大确定，因为他认为智者从不把话说满，所以他决定当个更有智慧的人。举行坚信礼时要穿什么样的衣服更能显示出他的不凡呢？他决定如果天公有眼让他通过考试，他就要到城里去买一套上好的绒面呢子套装。但是倘若真的一朝落榜，那衣服又能怎么样？好吧，至少有一身好衣服，到圣诞节参加舞会的时候，可以让女孩子们为他惊呼。这么想的话，呢子套装对他来说真是太重要了。

第九个男孩用了更为接近统计学的方法去推测自己的考试能否通过，他假定自己和上帝共用一个账本，一栏是"负债"，另一栏是"功劳"，假如上帝的一边是负的，那他应该会让自己通过吧。另一边是自己不再说谎话，不再背后乱议论他人，每周坚持去教堂做礼拜，还有不打扰女孩子。然而这个账本里面的功劳契约却很快就被他打破了。

第十个男孩则通过比较的办法来评估自己，他的同乡奥乐·汉森特在去年通过了坚信礼考试，而他认为奥乐并没有他学习好，家庭出身也不如他。所以他暗自想着，如果自己没有通过的话，那就太不公平了吧。

第十一个男孩坐在第十个男孩的旁边，他没有估计自己的水平，反而在暗暗策划着阴谋：如果他没有通过测验，要进行怎样惨烈的报复。他的计划是这样的：放火把教学楼烧成一堆灰烬，或者直接从教区逃跑，之后再以审判者的身份回到教区，对牧师和整个学校的委员会进行谴责。这里一定有很多的不公，才导致他这么做的。之后再展现出自己宽厚的一面，宽容他们，并且扫除教区内测试的不公。当然，在回来之前，他要在临近的教区牧师之家里服役，考取那个教区的第一名。他不由得开始想象自己考取第一名时的回答会多么让人震惊。

第十二个男孩独自坐在教堂最大的钟摆下面，看似悠闲地看着聚集在等待厅的人们。他双手插在口袋里，没有人知道，他肩负的责任和他现在的心境，就连他家里也只有一个人知道——他前不久刚刚订了婚。这个消息还没到公之于众的时候，他思考着今后的生活。一只长脚蜘蛛慢慢爬向他的脚，按照以往的性格他可能会一脚踏死它——他讨厌昆虫。不过今天有一点儿不同，他抬起脚让蜘蛛过去了，他的眼神里也充满了柔和，温柔的样子让他感觉自己更加接近成熟男人。他把手重新从口袋里拿出来，整理了头发和衣服。如果今天他能从命运的针眼中顺利穿过，他将在新的天地中尽情生长，他会神情轻松，嚼着烟草，向全教区宣布他订婚的消息。

第十三个男孩坐在最靠边的矮凳子上，静静地观察着整个房间，此刻他的小脑瓜里充满了奇怪的想法，也充满了困惑。从他观察到的其他男孩和女孩的状态和神情，他对自己的考试也从最开始的抱有强烈希望，到被困惑所压倒。他从具有坚定的通过测验的决心到也同样开始思考考试不通过的报复性计划。他反反复复地思考，所有的念头都在他脑子里打转。同时，他的手指也在牙齿间打转，他一边思考，一边咬干净了右手的死皮，现在轮到左手了。

我们的男孩——厄于温也是独自靠窗而坐，毫无疑问，他已经上楼测试过了，也回答了所有被问的问题。但是，他无法确定自己是否能够取得好成绩，因为校长和牧师在他回答问题的时候都没有过多地表现出什么，既没有赞许，也没有鼓励，只是把问题都问完了。

他回想起自己自圣诞节以来为取得第一名所付出的努力，一直期待着牧师和校长在知道了自己所做的一切之后会有怎样的表现。然而现在留给他的只有失望。他感到有些受伤，但还不至于痛苦。

他看到玛吉特轻而易举地得到了牧师的肯定，要知道，她远远没有他努力，知识也并不比他知道得多，但是却获得了校长的鼓励和牧师的嘉奖。他所做的所有努力，其实只是为了提高在她眼中的地位。可现在，玛吉特却轻笑着，在他想象的人生长跑的冰面上，从他身边飘然滑过，得到了所有荣誉和关注；而他却在艰难行进，每一步都是汗水和辛劳的洗礼。此时，她的笑声和玩笑话如同通天的烈火，烧尽了他的一切期许，直灼他的灵魂。她轻盈的身影，在人群中自然地走动和聊天更让他感到痛苦，他觉得无法面对她，所以他刻意回避和她碰面或讲话，但同时那种灼烧的痛苦又告诉他：这悲伤要持续很久，也许是好几年。她的优越炫目发亮，哪怕她只是坐在那里，散发出的强光就足以让他蜷缩到角落里，现在他所有千辛万苦建立起的信心和决心都如同遭了大火的树木，化作纷纷扬扬的飞灰了。

他的内心既痛苦又灼热，他觉得扫除这痛苦只取决于他能否当上第一名。虽然之前没有得到校长和牧师的积极反馈，但他执拗的内心还存留着一片野地，他的雄心壮志在那里熠熠生辉。

通常，校长会在休息之后再稍微把时间往后延一些，因为他要和牧师商讨这些经过测验的年轻人的排名先后，之后就会走下楼来通报大家考试的结果，当然这不是最终的决定，仅仅是目前根据考生们的状况，他们两个都认同的结果。

随着参加完测验的人越来越多，屋子里面的对话也渐渐丰富起来，那些野心勃勃的孩子明显地将自己与其他孩子分隔开来。而那些资质平庸的孩子，也许是运气好，他们认为自己通过了测验，所以急着找到同样有好运气的同伴，一同回家，给父母报告这个好消息。还有一些人，则沉默地盯着大门，等待着那些还没有完成测试的人从门里走出来，他们还不知道自己的归属。

终于，所有的孩子都完成了测试，当最后一个人从楼上走下来的时候，校长说要和牧师一起商量结果，请大家再稍等一会儿。在这个当口，厄于温的视线又被玛吉特所吸引了，即便已经得到了奖励和肯定，玛吉特也没有马上离开，不知道她是在等自己的好结果还是关心其他人的成绩。此时，在教区内同样来参加测试的女孩之中，玛吉特仍然显得美丽又出众。当她的嘴角扬起浅浅的微笑时，就已经十分迷人，更不用说她平时从不直视任何人，总是半垂着眼帘看向他人，而当她热烈的眼神看向你，那真是一种意想不到的魅力。她深色的波浪形鬈发，恰到好处地衬托着她娇艳的面庞，再加上时有迷离的双眼，你感觉她好像永远不会对什么感到厌倦。

校长终于出现了，孩子们一下子包围了他。

"校长，我排第几？"

"校长，我呢？我怎么样？"

"我，这里！校长！我……我说不要挤！校长！"浅色头发的男孩一边使劲儿举着手，想让校长看见自己，一边被其他孩子挤得扭来扭去。

　　校长站在孩子们中间，就像海上被鱼群拥着的桅杆，大家随着校长的视线荡来荡去，挤过来挤过去。

　　"嘘！安静！安静！"校长又发出了往日威严的喊声，"很不错，你们这些小大人，不要吵闹，要像刚才参加考试一样彬彬有礼。哦，你们会知道结果的。不要急，不要急。"说这话的时候他的目光也扫向这群孩子，之后在一个蓝眼睛的男孩身上停了几秒，"你是第二名！非常好。"蓝眼睛恳求的目光得到了最棒的回应，他激动得跳了起来，一路跳出了人群，几乎是以舞蹈的姿态出门去了。"好了，小家伙松手吧，你是第三。"一个被挤得站不住的红头发男孩这才意识到，原来他紧紧拽着校长的袍子，"哦！对不起！谢谢校长！"他赶忙松开手，也快乐地挤出了人群，站在外圈等着听其他伙伴的排名。校长就像点名那样快速地用目光拂过好几个孩子："你是第五。""你是第八。""你是十二，小懒虫。"他的目光撞上了脸颊绯红的玛吉特，"可爱的小姐，你是所有女孩中的第一名。"玛吉特得到了她的好结果，脸颊到脖子都涨红了，激动不已的她还在努力保持端庄的微笑。校长的目光又转到了其他孩子身上："十一名，没能指望你会更好；哦，十三名，再不努力可就糟糕了，你已经在悬崖边上了。"厄于温还没有听到第一名，他不能再让自己忍耐了，他一直站着，努力让校长看见他。"校长！"他急切地叫了一声，"校长！"他一声接一声地叫着，到第四声的时候，校长才听见，看向他的瞬间，他感觉时间都凝固了，"第九或者第十名，哦，我记不清了。"快速说完这句话，他又转向了别人。

　　"谁是第一名呢？校长？"汉斯追问着，他可比任何人都了解厄于温的努力。

"不是你，小淘气。"校长微笑着，用手里的纸卷敲了敲他的手面。

"对呀，到底谁是第一名？"第三名一直关心着，这时候赶忙问道。

"校长，第一名您还没说呢！"

"是啊校长，快告诉我们吧。"孩子们都激动起来了，一声接一声地追问着。

"嘘嘘嘘——"

校长抬起双手向下按了按，示意大家停止追问。"不要着急，不要着急，第一名自己会知道的呀。"校长坚定地回答，和以往一样和蔼。说完这句话他就转身把手里的纸卷交给牧师，和牧师小声说了句什么，之后转过身来对孩子们大声说："今天的测验非常顺利，孩子们，现在你们可以回家去了。记得要感谢上帝，要让你们的父母开心。不论你们以后做什么，不要忘了我这个老朋友。"孩子们哈哈大笑，纷纷上前感谢校长，之后结伴踏上回家的路。教区内参加测试的家庭都在盼着他们的归来和好消息。

孩子们开开心心地走了，只有一个人还坐在长凳上默默收拾自己带来的书，他把书整理了一遍又一遍，好像总不能让自己满意，整理好了之后就从最上面的一本开始读了起来。校长走到了他的身边说："厄于温，你怎么没和汉斯一起走呢？"

厄于温没有说话。

"好了，孩子，合上书，回家去吧。"校长拍了拍他的肩膀。

"不，请让我在这里看书吧。"

"为什么现在还要看书呢？"

"我想看看我今天测试的回答错在哪里了。"

"你没有答错的地方。"

厄于温抬头看向老校长，双眼充满了泪水，但是他只是咬着嘴唇，任由两行泪水簌簌流下。校长叹了口气，在他面前的长凳上坐了下来。

"孩子，你通过了考试，一切都非常顺利，你不开心吗？"

厄于温双唇颤抖，没有回答。

"我敢说，你的父母会非常高兴，会以你为荣的。"

男孩鼓了鼓腮帮，低下头，一字一顿地说：

"是——不是——只因为——我是——勤杂工的儿子——所以，我才——得了第九——或第十名？"

"恐怕是这样的。"校长摊了摊手，回答道。

"那么，这一切对我也没有什么用了……"他突然感到万分疲惫，好像心中点亮的烛火被人硬生生捻灭，他那些光明的希冀在一瞬间也都泯灭了。他不得不用两只手撑着长凳，突然他抬起手，用尽所有的力气拍在长凳上，之后他就再也支持不住，整个上身俯了下来，头埋在膝盖中间，双手掩着脸，号啕大哭起来。

校长扶起了他，让他躺在长椅上，尽情地哭泣。那天，他在教堂里哭了很久，老校长一直坐在他的身旁，直到他的抽泣声越来越轻，老校长才走到男孩边上，双手捧起厄于温泪水模糊的脸，用温和宽厚的目光凝视着厄于温，"现在，你相信上帝就和你在一起吗？"他说着，把厄于温揽在自己怀里。厄于温仍然在抽泣，泪水无声地流淌着，他既不敢回答校长的问题，也不敢看向校长的眼睛。

"孩子，这是一个补偿，你要相信世界的善意。你努力学习，并不是出于你对学习或知识的热爱，也不是出于你对父母期许的报答，你是为了自己的虚荣心在学习。"

校长说得很慢很慢，每一句话说完都要停留几秒，厄于温感受到了校长的目光，他觉得自己已经融化在这目光中了。他突然觉得自己是那么渺小、那么卑微。

"你的心被愤怒的火焰灼烧着，却想要同命运订立盟约。你认为这样行得通吗，厄于温？"

"不——能。"男孩终于能抬起头，看着校长的眼睛回答了。

"如果你今天站在台阶上，拿到了第一名，你感受到了虚荣带来的快乐，你会不会到上帝面前赎罪？"

"我……我应该会来……"厄于温又低下了头，声音颤抖。

"所以你依然爱你的校长？"

"是的，我当然爱您，亲爱的校长。"男孩抬起头，目光坚定地望着他最敬爱的校长。

"现在，我要告诉你，是我拒绝同意牧师让你当第一名的。"校长握住厄于温的手，仿佛要向他传递某种力量，"因为我非常喜欢你，厄于温。"

厄于温看着校长，眼睛不由得睁大了，好像不敢相信似的眨了眨眼，但随即又流下了滚滚的泪水。

"我这么做让你生气了吗？"

"不，校长。"他又眨了眨眼，直视着校长的眼睛，声音哽咽而坚定。

"我亲爱的厄于温，我会永远支持你的！"

厄于温此刻心里又有了另一种力量的支持，他不知道那是什么，但他知道他走上了正确的道路。

校长提出要陪厄于温一起回家，把他考试的好结果告诉他的父母。等厄于温重新收拾好书，他们就一起上路了。走在路上，开始的时候两个人的心情刚刚平复下来，都比较沉默。厄于温的内心还有一些挣扎，但他很快又调整好了自己，因为他相信，已经发生的一切应该就是最好的安排。他的信念非常坚定，他把这个想法告诉了校长。校长同他一起感谢上帝，感谢发生的一切。

"很好，厄于温，现在我们可以想想你要做什么事业了。"校长说，"不要再和你的命运捉迷藏，不要再争夺虚荣的排名，你认为将来到神学院学习怎么样？"

"嗯，我觉得我应该不会想去那里。"

"那么你想去农学院吗？"

"是的，相比神学院，我可能更想去农学院。"

"那太好了，毫无疑问，去农学院学习比当个校长更有出路。"

"可是校长，我怎么才能进入农学院呢？我非常渴望去那里学习，但是我……我有办法去吗？"

校长知道他担心的是什么，也知道这时候没有什么能比鼓励他努力更重要的了，其他的东西，他自己会慢慢明白的，这是老校长的一片苦心，和他父母是一样的。

"听着，孩子。办法总是有的，但是你要勤奋地学习，要不懈地努力才行。懂吗？"校长说这话的时候，厄于温内心充满了感激之情，他的眼中闪着泪光，他心中那股温暖的力量更加强大了，他感受到了长辈对他的爱，这种爱是无限的。他感到从胸中升起一股暖流，脸上也热热的，那感觉就像我们从同伴身上体会到的，超出预期的善意和关爱一样。温馨坚定的感觉弥散在山间清新的空气中，这种感觉飘飘荡荡，比想象中走得更远，直到未来。

他们到家的时候，厄于温的父母已经等候他们多时了。他父母的期待之情都写在脸上，尽管现在正是农忙的时节。校长先进屋，厄于温跟在后面，两个人因为今天的交谈都非常高兴，脸上洋溢着笑容。他们进屋的时候，厄于温的父亲正在读《为坚信礼考生祈祷》的赞美诗，见他们进来，父亲赶忙放下书，和母亲站在一起，好像在迎接什么似的。母亲一句话都不敢说，她的脸上带着微笑，但是嘴唇却在颤抖，两只手紧紧地握在一起，她期待着好消息，她的内心从没这么激动过。

校长清了清嗓子，庄严又欢欣地说："我给你们带来了好消息，我的朋友。"这时候父亲和母亲已经绽开了笑容，母亲一只手捂住嘴巴，生怕自己会激动得叫出来。

"厄于温答对了所有问题，他的回答坚定又准确。在他离开的时候，牧师说没有比他更适合做学者的人了。"

"哦！天哪！这是真的吗？！"母亲还是激动地叫了出来。"你听见了吗，托雷？牧师说厄于温可以做学者！"母亲拉住父亲的手，仍旧抑制不住激动的心情。

"是的，很好。"父亲依旧显得平静，他说话的时候清了清嗓子。

过了一会儿，母亲突然轻声问道："那么，他是第几名呢，校长？"

"第九名或者第十名。"校长微笑着。

空气有些许的凝滞，母亲正看着父亲，希望他说些什么。父亲则平静地看向厄于温，说："你做得很好。"厄于温也看着父亲，"勤杂工的儿子不能期望太多。"厄于温的心再次被什么压住了，他马上收回了看向父亲的目光，努力控制自己，想一些快乐的事情，直到呼吸平顺。

"托雷，你们应该为他感到骄傲。好了，现在我要回去了。"校长说着，和父母点了点头，就转身离开了。父母和以前一样把校长送了出来，一直到门口的台阶外面，托雷为校长点了一支烟，校长轻松地笑着说："不必担心，他会是第一名的。但是在那天到来之前，他要懂得第一名真正的意义，那样才值得。"

"是的，您做得很对。"父亲说着，点着头。

"是的，是的，"母亲也点着头，她此刻又和刚才一样激动了，她抓住校长的手，说，"非常感谢您为他所做的一切，我们非常感谢您！"

"是的，校长，非常感谢。"父亲说。

校长只是笑笑，挥了挥手，离开了。他们一直站在那里，目送着校长。

第七章　旅途前的告别

春天就快来了。校长想让牧师试试厄于温是否能够真正承受得住第一名的喜悦，毫无疑问，他对男孩的判断非常准确。在正式举行坚信礼之前的一个月，他每天都和厄于温在一起。一颗年轻的、未经世事锤炼的脆弱的心很容易屈服于一种印象，但通过坚定的信念让他有所收获却不那么容易。

对厄于温来说，有过一段黑暗时期的经历，更能够帮助他选择适合自己的目标，也更能够到达光明的未来。这需要勇气和信念，需要把重心从野心和挑战上转移到他的崇高使命上去。这对他来说并不那么容易，开始时，他总是在工作中迷失，会突然停下所有事情，对眼前的一切丧失兴趣，他不知道这些都是为了什么，这样工作他能获得什么。随后，校长那温柔坚定的话语就会回响在他的耳边，渐渐地，男孩懂得了大爱的真正意义：帮他在面对崇高理想带来的阴影时，能够一次一次重新振奋起来，走向光明的路途。

那段日子他们不仅要为普拉德森的坚信礼考试做准备，还要为厄于温能够去农学院学习做准备。因为农学院的入学考试就在坚信礼考试后的第二天。日子悄无声息地流逝，变化却悄然发生。裁缝和鞋匠们坐在家人休息室里，母亲在厨房忙碌着烤面包，父亲不断地敲打着衣柜。接下来的两年时间里，人们不断对厄于温上学要花掉他父母——一对辛劳的勤杂工夫妇多少积蓄而议论纷纷。有的人说他第一个圣诞节都不能回来了，也许第二年的圣诞节也没办法回来。不少人都觉得，要离开家那么久，是一件非常艰难的事情，时间会变得非常难熬，他们讨论的越来越多。还有人说厄于温所拥有的是父母最无私的爱，他们甘愿牺牲自己，为了给他换个好前程。

厄于温即便不出门，坐在家里也能够听到周围所说的一切，对他的家庭，对他的未来，现在这些议论对于他来说，并不能让他为之所动，虽然在他们的口中，他就像一个自作主张要离开家向往外面世界的孩子，不顾及父母的含辛茹苦。但实际上这一切对他来说，就像是被摧毁过的希望又重新被好心人捡起，拼凑了起来，成为一个可实现的愿景。

此时的厄于温依旧保持了以往的谦逊，好在难熬的日子就快要过去了，随着议论之声越来越多，伟大的日子也即将来临，他认为自己已经准备好了，也能勇敢地告别过去，憧憬未来。但是只有一个人在他的心中仍然挥之不去，那就是玛吉特，每当她的形象浮现在他脑海中时，他总是要十分谨慎、小心地把它搁置一旁，即便是再小心翼翼，他仍会感到心痛万分。他本以为，自己能够像举行坚信礼考试之前那样，随着他的不断努力和反复练习，就能够摆脱这难熬的心境，然而他反复了几次，非但没有取得任何进展，还让那种疼痛愈演愈烈。有一天晚上，他实在感到无法抑制，又经过了长时间的自我疏导，他开始向上帝祈祷，希望在这件事情上，上帝不要再来检测他了。即便他再有信心，对于这样的测试，他也无法通过。

在考试临近结束的时候，校长拜访了厄于温的家。他们穿戴整洁，盥洗干净，恭敬地坐在了家人休息室内。就像平时到教堂去聚会，或者做祈祷一样。父亲仍旧非常镇定；而母亲却感到有些伤心，因为明天的仪式过后，他们就要和儿子分别了，很难确定下一次到底是什么时候才能够再相见。是圣诞节，还是要等到他学成归来？然而现在谁也没有办法预测他的未来会走到哪里。他们四个人一起坐了很久，直到校长拿出了赞美诗，宣布仪式开始，大家齐声唱起了赞歌，而后又做了一番简短的祈祷，这一切都好像已经深深印进他们的脑海中，没有任何闪失，也没有什么波澜。

仪式快结束的时候，校长提议，让大家把自己的内心感想都抒发出来，于是父亲和母亲对厄于温表达了祝福，校长也祝他明天好运，又嘱咐了一些日常需要注意的事项，之后就纷纷离开了。

当那天夜里，厄于温独自躺在床上时，他感到自己在入睡前从没有这样开心过，仿佛一切都是顺从了上帝的意愿，并且他能够开心地参与其中。这天夜里，玛吉特的脸庞时不时浮现在他的眼前。他不知道应该做什么，也不知该如何应对这些，他只能把这又当成上帝对他的一次考验。他觉得能让自己保持镇定的最后一件事，就是静静地躺下来，祈祷明天，反省自己。当他想到玛吉特，似乎有一个声音说，你还是没有真正快乐起来，然后他就马上在心里反驳，不，我很快乐。

当第二天早晨他醒来的时候，他意识到了这一天对他来说是多么重要，于是他起床之后第一件事就是祈祷，这让他重新获得了力量。从夏天开始，他就一直独自睡在顶楼，祈祷后，他发现床边放着母亲为他准备的漂亮的新衣服，他从来没有穿过这样漂亮的衣服，那是一件厚呢子夹克，他仔细地抚摩着，小心翼翼地穿上，对着镜子检查了一遍又一遍，还有一点儿不适应。他刚刚抬起手整理好领子，就发现里面的衬衫又不那么平整了，于是他又赶忙对着镜子把衬衫拉平，这已经是他第四次拽衣服了。当他又把衣服整理好，对着镜子里自己的面庞时，他看到脸上满足的表情，还有微笑的面容，就连头发都异常发亮。他感到自己从未有过的精神，然而他又马上意识到这些都是虚荣心在作怪，于是他对自己说："是的，或许这是虚荣，但是人们还是要穿着体面，干净整齐。"他想或许不照镜子会好些，于是他把脸扭了过去，好像照镜子是一种罪恶。他想起了校长的话，他又觉得，应该正视自己，于是他认真地，对着镜子中的自己说："保持干净，保持体面整齐，但是却不要为此扬扬自得。""或许现在你只是不习惯，但这样做是对的，而且一切都已经发生了，你需要为此做出改变，之后的日子就和这身衣裳一样，变得如此新鲜，你需要渐渐放下旧的习惯。"在反复自省的对话中，他渐渐找到了自己的内心，恢复了平和，当他收敛好一切心情，就起身下楼了。

他走到楼下的时候，父母亲都已经穿戴完毕，正在桌前等他一起用早餐。他看到父母的衣着，不由得走到父母的身边，拉住他们的手，真挚地感谢他们为自己买了这么漂亮的新衣服。母亲几乎热泪盈眶，反复地说着"不用谢，不用谢"。同时他看了父亲两眼，而父亲只是点点头右手向下按了按，示意他坐下。于是一家人就在桌子旁，默默地祈祷，之后开始用餐。吃完早饭后母亲把桌子收拾干净，带着为家人准备的午餐盒，父亲穿上了夹克衫，母亲围上了围巾，厄于温带上了赞美诗集，一家人锁好门，便向教堂出发了。这一路上，他们遇到了一些平时也去做礼拜的人，还有许多之前参加坚信礼测试的考生，甚至还有头发已经花白的祖父母，也随着孩子们一起走到了教堂。这真是令人感动的伟大场合，值得共同去见证。

这是一个阴天的秋日，云层聚集在一起，又快速地分散，大大小小的云朵变化多端，然而最后，这些云彩，都分散成了小云，迅速地在天空划过，好像风暴就要来临。

地面上的一切，却还是一片宁静，树木依旧苍翠，连一片叶子也不动，空气中弥漫着闷热，没有一丝清凉的风吹过，人们也把外套拿在了手里，而不是穿在身上。教堂周围聚集了庞大的人群，人们站在教堂前的空地上，参加坚信礼的孩子们在门外面排好队，好方便在仪式开始之前，被安排好自己的位置。最后校长朝他们走来，他一路和人们点头、微笑、握手。他穿着一件蓝色的厚呢子西服外套，一条过膝的短裤，一双高帮的皮鞋，颈上还围着一条发硬的围巾，他丝毫不介意烟袋从外套的口袋里面伸了出来。他一路拍着考生们的肩膀，宽慰他们，鼓励他们；一会儿又和其他的考生说话，回答他们的问题。校长走到捐款箱前，面对着厄于温，帮他回答汉斯想要知道的，关于他去农学院上学旅途的所有问题。

之后，校长拉着厄于温的手，说："早啊，厄于温，你今天的装束非常干净体面。我认为你今天一切都会非常顺利，我一直和牧师说，我会保住你的排名的，你会是第一名，不用紧张，自信地回答吧！"

厄于温听了这话，惊讶地抬起头来看着校长，他从未想过自己会是第一名，而校长只是坚定地对他点了点头。于是，他走几步，停下来，又走几步，又停下来。他对自己说："上帝呀，没错，他真的和牧师说了我的事情，现实的情况就是这样。"快乐又充满了他的胸膛，于是他步履轻快，走到了自己的位置。

"你会是第一名的。"他听见有人朝他嘀咕。

"是的，我会的。"他也不知道，自己为什么要这么回答，他甚至不确定是不是有人跟他说了刚才那句话。

现在所有的人，都站在了自己的位置上，牧师也走了进来，坚信礼的仪式一切就绪。铃声充满了整个教堂，人们有条不紊地走了进来。厄于温看见玛吉特就站在他的前面，她肯定也看见他了，但是这里的神圣气氛让他们没敢互相打招呼。厄于温觉得，她出落得更加迷人了，这次她的头发梳得十分整齐，原来她还有很多他没有发现的美丽。这半年多以来，厄于温一直在设想着站在她对面的画面，而现在，这一刻来临了，他却完全忘记了地点，也忘记了幻想中她的样子，仿佛那些想法从来没有产生过。

他们努力地将自己的注意力集中在校长那令人振奋的话语上，然而事实上，他们都各自意识到，这两年来他们都在逃避着对方，逃避这两年的分离。要知道在这之前他们一天也没有分开过，但是现在他们谁都不愿意承认这一点，虽然这是极为重要的一天，但当前的情况让厄于温变得越来越沮丧，他无法面对玛吉特，他觉得他需要出去透口气，才能让自己恢复平静。

教堂的空气中弥漫着肃穆和庄严，厄于温不知道是怎么坚持到仪式结束的，他只知道当他意识到自己又能够走动，又能够大笑和说话的时候，他已经站在了家门前。

他望着远方的天空，现在已经是黄昏时刻，太阳渐渐西沉，散发出最后的余晖。他盯着那金黄的光芒，丝毫不觉得刺痛了眼睛，他深深地呼吸，长长地吐气，空气中还弥漫着他熟悉的秋收的味道。他在努力地抵御着回忆的侵袭，突然，他听到有人在山崖边上轻轻地叫他的名字，这不是回忆，也不是错觉，因为那轻柔的声音重复了两次，他立刻分辨出，是玛吉特的声音，紧接着他看到有一个女孩，趴在树丛中朝他看。

"是玛吉特吗？你躲在那儿干吗？"

"我在教堂外面听到他们谈论说你要离开了，我是来跟你道别的，"她的声音很低，说话的时候垂着头，"因为我觉得你不会到我那儿去。"

"天哪！玛吉特，你怎么会这么想？我一定会去和你道别的，我一定会去的。"

"不不不。还是请你不要来吧，要知道我已经等了很久，你都没有来，如果你要来跟我道别，我还要等上更久。现在没有人知道我在这里，我必须马上回去了。"

这种熟悉又亲切的感觉，让厄于温不知如何是好，他只好低低地回答："你真好，玛吉特，你还专程过来跟我道别。"

"当然，我必须来，我不能忍受，你就这样无声地离开。"

"是的，是的……我们的童年那么快乐……"厄于温的心又开始被抓紧了。

"可是我们已经有半年没有相互说话了。"

"你说的没错。"

"那时候我们莫名其妙就分开了。"

"我们确实分开了一段时间，但是我一直认为，我要去找你。"

"哦，不要，千万不要来，我只是希望你能告诉我，你已经不再生我的气了。"

"天哪，你怎么会这么认为呢？我永远不会生你的气。"

"真的吗？那么我就放心了。再见了，厄于温，感谢我们曾经度过的美好时光。"

"玛吉特！玛吉特！"厄于温低声喊着，他忽然看不到了玛吉特那美丽的面庞，他往刚才玛吉特躲藏的树丛中寻找着。

"实在抱歉，厄于温，我不敢再在这儿多耽搁了。再见吧，再见！"她低声说着。

"再见！"他听到她轻巧的脚步声，她已经跑远了。

但他还是在山崖上如同梦游一样四处走动，他不知道刚才是他的梦境，还是真实发生的事情，直到有人喊他，他才茫然地回答。如果，把刚才的相遇，归因于他即将开始自己的旅途，看起来这样的道别再正常不过了。然而直到晚上，校长拜访他家来跟他道别的时候，他还是满脑子想着玛吉特对他说的话，甚至没有注意到校长往他的手里塞了五美元的钞票。他努力告诉自己这些都是因为旅途要开始了，但是直到他上床睡觉，才想到这些都不是因为旅途，而是因为那些过往。他想到树丛中传来的那些话，想到玛吉特的匆匆离去，不敢多停留，回忆又突然涌上心头。他想起来，小的时候玛吉特是被禁止到山崖上来的，因为她外公害怕她会摔下去，但是他的家就在山崖下，他天真地幻想着，也许有一天她会真的从山崖上走下来。

第八章 奇妙的信

亲爱的父亲、母亲：

现在我们的课程压力比刚来的时候要更大，但是随着学习内容的增多，我和其他同学的差距却不像刚来的时候那么大了。对于我来说，学习不是什么艰难的事情，我相信等我回到家的时候，我可以把附近的很多东西加以改造，因为目前我们那儿的一些观念还不够先进。在这儿的学习让我感到能够赋予这些农具本来就有的生命力，真是一件有乐趣的事。

我非常感谢在这儿学到的知识，因为我认为将来它们能让我们的生活走上正轨。毕业之后我想去一个可以用到知识的地方，所以我觉得我结束农业学习之后，需要找一份好工作。这里的人没有一个认为乔恩那样的人是很聪明的，他在我们那儿的出众仅仅是因为他拥有自己的农庄。

亲爱的父母亲，我必须要跟你们说明，我的信心不是无缘无故产生的。我现在就读的这所农学院，是我们国家最好的学校。这里的学生毕业之后，都能够挣得很高的薪水，对这一点我非常有自信。虽然有人说隔壁的那家农学院更好，但我认为，我上的这所就是最好的。因为这里一直奉行两个真理：理论和实践。这所学校的目的是让理论和实践能够结合，每个学生都能够拥有这两项技能，因为如果没有其中一个，另一个就无法存在，但是相对来说，哪怕没有理论，有实践也是好的。理论意味着要理解我们所从事的劳动生产有哪些原则，这项劳动的原因是什么；而实践则是要进行、实施，要践行理论。

这么说对你们可能太过抽象了，我来举个具体的例子，比如沼泽地，我们那儿很多人都知道应该怎样处理沼泽地，然而事实上他们的做法还是欠妥的。因为他们没有足够的知识去应付实际发生的状况，所以他们的收成也总是没有预期的好。而有许多善于治理沼泽地的人，他们的理论足够丰富，他知道怎样才是正确的方法，但却不知道具体要从哪里开始做起，每一步应该怎么实施，以至于最后他们把沼泽地处理得一团糟。

但是通过在农学院的学习，我知道沼泽地也分很多种，知道怎么样应付每一种不同的沼泽，知道它们能够适应什么，也知道每一步如何去做，这就是我们在学校里学的理论和实践。平时给我们授课的督学，技术非常娴熟，无人能比，在上一届的全国农业会议上，他一共主持了两场精彩的讨论，而其他的督学只能主持一场。每次讨论，专家们都要经过仔细的考虑，才能决定保留哪些意见，而他的意见都能够得到保留和支持。

再往前一届的讨论会，因为他没有出席，结果整场会议被评为至今最不着边际的漫谈。

对了，我们还学习调查学，教授我们调查学的中尉，也是督学在全面评估、了解了他的资历和能力之后，聘任到这里来的。据我所知，其他的学校都没有中尉。他非常优秀，也是军事学院里最好的学者，他能够到这里指导我们调查学，对于我们是大有好处的。

除了学习知识之外，我知道校长还非常关心我是否坚持做礼拜，是的，我必须肯定地回答，我当然做礼拜。我们这儿的牧师有一位助手，他非常严肃，他对信徒的要求也很严格，虽然他的布道方式让很多同学感到恐怖，可能是人们认为他太严格了吧。但是我每次听了他的布道，都能够心生欢喜，我觉得严格一些没什么坏处。我在这里还刚刚学了一点儿历史，在来到农学院之前，我从没有学过历史，我非常好奇这个世界上过去曾经发生了什么事情，尤其是我们国家以前是什么样子。我很想知道我们国家的历史，对于这一点我非常好奇，我不知道为什么现在我们总是赢，我也想知道到底过去国家有哪些损失。这些损失人们总是避而不谈，但现实的情况是我们拥有的越来越少，现在我才知道，我们拥有非常多的自由，其他的国家可能没有拥有我们这么多的自由，除了美国。美国非常自由，但是美国人好像并不快乐，要知道我们热爱自由胜过一切。好了，这封信我已经写得够长了，我觉得我要放下笔了，我想这封信校长也会看到的，如果他答应替你们给我回信，可以让他告诉我一些其他的信息，因为通常情况下，他从来不跟我讲别的事情。

请接受儿子对你们衷心的问候。

厄于温·托勒森

亲爱的父亲、母亲：

我十分自豪地告诉你们，我们已经结束了考试，这一学期我有好几门功课得了优秀，只有写作和调查学得了良好，可惜挪威文作文只得了及格。我拿着成绩单向督学请教，怎么样才能够让成绩更好，督学说，我的写作不好，是因为我阅读得还不够多。他送了我一份小礼物，是奥利维格的书，书里面的语言真是无与伦比，精彩绝伦。通过读书，我深深地被他所折服，我领悟到了语言的精华。督学对我们非常好，他经常给我们讲述许多事情，他说这里曾经什么都比不上国外，我们几乎一无所知，但是我们非常善于学习，我们跟苏格兰人以及瑞士人学会了一切，当然，园艺方面我们是跟荷兰人学的。学校里有很多人曾经参观过这些国家，他们有很多当地的见闻，他们的说法也印证了督学的教诲。督学本人就去过瑞士。

父亲、母亲，不知不觉我已经到这里学习将近一年了，我认为我已经学到了非常多的知识，但是当我了解到那些已经通过考试的人的学识后，我忽然觉得，如果他们不和其他国家有所接触的话，他们可能不会取得今天的成就，所以我有些灰心。从实际情况来说，挪威的土壤也比较贫瘠，土地的产出并不能和我们付出的劳动成正比。另外我们国家的人们有些固执，他们不太愿意吸收其他人的经验，即使他们愿意，我们也必须对土地的状况做出改善，而改善土地真不是很容易的事情，需要花大量的金钱去培育，没有恒心和毅力是做不到的。现在看起来，让农作物茁壮生长，真是很了不起的事啊。

现在我所处的班级，是这所学校中最高级的。再过一年，我就要完成学业了，在毕业之前，似乎我的许多同伴已经回家了。我非常想念你们，也很想家，我时常感到孤单，尽管实际上，在这里有同学、有老师、还有督学，可能我并不孤单。但也许是独自待久了吧，我时常有这种孤独的感觉。我曾经想或许我是一位优秀的学者，但是，照目前来看，我并没有取得预期的进步，毕业之后我要去哪里呢？当然了，不要担心，我肯定会先回家的。然后……我想我会找些事做，但是不会离家太远，请不要担心。好了，今天就写到这里吧，再见了，我亲爱的父母亲，请代我向那些询问我情况的人问好，告诉他们我在这儿过得很好，很开心，不过我有些想回家了。

你们挚爱的儿子，

厄于温·托勒森·普拉德森

亲爱的校长：

其实我写这封信，就是想问问您，是否把之前的那封信送出去了。我希望您遵守诺言，没有跟任何人提起，不过如果您还没有送出去的话，请务必把那封信烧掉。

谢谢您。

厄于温·托勒森·普拉德森

致最高贵的少女，海德嘉德高地的玛吉特·克努斯丹特·诺尔迪斯图恩：

可以想象，收到我的信你一定感到非常惊讶。但事实上你无须惊诧，我只是想问问你的近况，希望你能尽快给我回信，请写得详细一些。

至于我，应该还有一年就要完成学业了。

期待你的回信。

厄于温·普拉德森

致农学院高级班的厄于温·普拉德森：

　　你的担忧是多余的，校长在第一时间就把你的信转给了我，既然你这么跟我说了，我会如约回信的，但是我非常害怕这么做，因为现在你是学识丰富的学者了。虽然有一个人可以代我写信，但是这对于我来说没有什么帮助作用，我不得不自力更生，这些苦衷请你体谅。千万不要把我给你写的信拿给别人看，你如果那么做了，就不是我认识的那个厄于温了。

　　同时我也恳求你不要保存这封信，因为那样的话，很容易就被其他人看见了，请你看完之后就烧毁它，你一定要保证会这么做。我有很多事情想写给你，有很多话想跟你说，但是我不敢，今年我们的收成很好，土豆的价格卖得很高，你知道海德嘉德高地有很多土豆。今年夏天熊给我们的牛也造成了很多伤害。就在前两天，奥莉纳德家的两头牛就被熊杀死了。不幸的是，我们勤杂工家的一头牛，也被熊伤得非常严重，以致他们不得不尽快杀了这头牛贱卖牛肉，这真是件令人惋惜的事情。

　　我现在正在织一块很大的布，有点儿像苏格兰的彩格布料，这活儿对于我来说很难。如果你关心我，我只能说现在我还是待在家里，有很多人想要我织的布呢，其他就没什么好说的了。我必须要跟你说再见了。

玛吉特·克努斯丹特

ps：请千万不要忘了，烧了这封信。

致农学院高级班的厄于温·普拉德森：

　　像我在学校里告诉你的一样，厄于温，你现在千万要听从我的建议，你要与上帝同行，不要对这个世界抱有过多的渴望或者担忧，你要充分相信上帝，不要让你的心随意驰骋，那样会毁了你。如果你听从我的告诫，上帝会一直在你的身边。现在我要告诉你的是，非常高兴，你的父亲和母亲身体非常健康，他们生活得很好；不幸的是，我的髋关节出了问题。现在家乡并不安定，再度爆发的战争让人们都处于水深火热之中。青年时种下什么，老年时就收获什么。少年轻岁月，迟暮惜光辉。现在，我不得不承认我已经老了，我的身体用病痛时刻在提醒着我。虽然说老年人不应该抱怨，因为智慧总会与经验共同增长，我相信疼痛可以锻炼一个人的耐心，也许这可以让我更加坚强，走完人生最后的旅程。

不过，促使我今天拿起笔来给你写这封长信的原因有许多，首先最重要的，也是让我不得不最先告诉你的，是关于玛吉特的事。

现在她已经成了一个害怕上帝的少女，她总是像小鹿一样脚步轻快，但是她的脾气又像高原上的天气变幻莫测。如果让她遵守上帝的教义，她是十分高兴的，也愿意这么去做，可是她的本性，却阻止她坚持下去。我曾经看见上帝宽容拥有脆弱之心的人，此刻她正经历着成长的痛苦，上帝不希望让她受到超出承受能力之外的诱惑，不然，这些诱惑会把她的心撕成碎片，因为她是如此的脆弱。

像你在信中叮嘱的那样，我按时把信交给她，她把你的信藏了起来，不想让任何人看见，除了她自己。

我想如果在这件事上，上帝都愿意助你一臂之力的话，我也没有什么好反对的，因为玛吉特确实非常有魅力，她对男生的吸引力无与伦比，这点我们都已经很清楚了。她的身上具备许多优点，她非常可爱，哪怕她有一些古怪的脾气，但这丝毫不妨碍她受到异性的青睐。但是现在，她正在躲避上帝，她对神圣的信仰，就像池塘中快要干涸的水，只有在阴天或遭遇不幸时，她才会向上帝发出祈求或祷告，但当事情过去，太阳又照样升起，水塘里面的水也就很快干涸了。她这样的情况令我非常担忧。

我的眼睛也在一天天地坏下去，现在只能看清楚远处的东西，而让我看近处的小东西，就变得非常吃力，如果想努力看清，还会觉得眼睛刺痛异常，眼泪会不自觉地流下来。今天我也只能写到这里了。

无论如何，我最亲爱的厄于温，我真诚地建议你，不论你有什么样的欲望，想要做出什么样的承诺，不要让上帝离开你，因为《圣经》上说："得其一，得安宁；强过得其二，空劳碌。"

你的老校长，
巴尔达·安德森·乌普达尔

致最高贵的少女，海德嘉德高地的玛吉特·克努斯丹特·诺尔迪斯图恩：

十分感谢你能够给我回信，那封信按照你的嘱托，在我看完后就把它烧掉了。请相信我，没有其他人知道关于这封信的任何消息。

感谢你写了很多身边的事情，但是却没有写我最希望的内容，我现在不知道你的任何情况，我也不敢说你身边有什么具体的事情。我十分希望校长的来信中能够多提及你，但是他并没有说什么，他只是表扬你，说你仍旧单纯可爱。事实上，那是以前的你，我现在有些胡言乱语，我只知道，我热切地盼望能够读到你亲自写的，关于你的一切情况。只有读到你的回信，我才能好受一些。到现在我还清晰地记得，在我离开普拉德森的前一晚，你到山崖上来找我，跟我道别，当时你跟我说的每一句话，我都清楚地记得，这

段回忆令我十分珍惜。期待你的回信,再见。

厄于温·普拉德森

致厄于温·托勒森·普拉德森:

我刚刚看完你的另一封信,是校长转给我的。我不太理解你所说的是什么,我想也许这是我学识不够的原因吧。如果你想知道我各方面的情况,现在我就可以告诉你。我非常健康,身体很好;我的生活也很愉快,没有什么事情让我心烦;我每餐都高高兴兴地吃,尤其是我爱的牛奶粥;我每天晚上都能够安然地睡去,当然偶尔白天也会瞌睡。

今年冬天我们这里举行了非常多的派对,我几乎参加了所有的舞会,在舞会上我跳了很多支舞,玩儿得非常开心。如果天气尚好,积雪不是很深,我就去教堂做礼拜。可惜,今年下了很多的雪,你都不能够想象,雪有多么多么深。好了,我想你已经知晓我的近况了,或许这就是你想知道的所有事情。如果这还不能让你确定我的情况的话,我再也想不出还有什么更好的事情可以告诉你了。

玛吉特·克努斯丹特

致最高贵的少女,海德嘉德高地的玛吉特·克努斯丹特·诺尔迪斯图恩:

感谢上帝,我又收到了你的回信。

看到你写的近况,我感觉你好像和我之前一样天真无知。或许这是人生中必经的阶段,现在我还是不敢写出我的心里话,因为我们太久没见面了,我现在不能确定我是否依然能够理解你。也有可能,你也不能够理解现在的我,因为现在,我再也不是原来的那个我了，再也不是坐在一旁看你跳舞的那个可以挤出水的软奶酪了。也许你并不知道，从那个时刻起，我就已经做出了改变，我再也不会像长毛狗一样，只要受到别人的一点儿挑逗，就会马上夹起尾巴，跑得越远越好。

现在的我，已经能够经得起人生烈火的考验了，你的信写得非常有趣，可你为什么总是在不该开玩笑的时候开玩笑呢？你知道我的，你应该明白，实际上我想问的并不是你参加了什么活动，那是因为我们太久没有联系，我想不出要从哪里问起，只有问你这个了。

在等待你回信的期间，我每天都非常焦虑，没有想到，我的苦苦等待，却只换来了一些无关痛痒的话。或许是该说再见的时候了，玛吉特·海德嘉德，是我不该长久地注视着你，是啊，就像那次舞会上那样。

我祝福你们生活幸福。

希望家乡的新闻站，能够早一点儿建好，更重要的是，希望你能够把教堂门前的积雪铲除，也许这是我能够期望的最后一点儿事情了。

厄于温·托勒森·普拉德森

致农学院的农学家厄于温·托勒森：

尽管我现在已经年过七旬，老眼昏花，一把老骨头疼痛难忍，坐立不安，但只要年轻人陷入困境，需要我的时候，我这把老骨头还是会答应他们的要求。曾经有许多年轻人这样引诱我，他们哭哭啼啼，仿佛世上最大的困难都降临到了他们的头上，他们无法儿可想，只好来找我，但是当我帮助他们跳出困境，他们就像出笼的小鸟，立刻朝自由飞去，不再理会我的任何建议。现在这样的事轮到了玛吉特。她对我说了许多好话，央求我和她一起给你写信，是的，有许多话都是我和她一起写的，因为这样她感觉安全一些。

现在她十分彷徨，她甚至想到要去找乔恩·汉特，或者其他什么人来给你回信。上帝呀，那些人什么都不懂。她竟然想到他们，而不是去找一个接受过老校长训练的人。

亲爱的孩子，我已经读了你的回信，瞧，你还是太严肃了。现在她进退两难，你可能还不知道，有一种女人就喜欢借玩笑话来逃避悲伤的哭泣，她认为你能够分辨得出，或者她认为这种玩笑和哭泣没有什么区别，当然这种情况需要你严肃对待，你的态度也非常好。

你一向没有什么好让我担心的，关于你们两个的感情，从我观察到的许多事情来看，十分明显的是你很喜欢她。但是对于玛吉特，我却没有办法相信她的选择，因为她就像春天的风一样，游走不定。

即便是这样，我仍然清楚地知道，她确实拒绝了乔恩·汉特的追求，她外公因为她的举动而愤怒不已。你在信中向她表白爱意，她读到的时候非常开心，但是如果她回信中和你开玩笑，那也是出于真正的高兴，而不是故意要伤害你。她承受的已经很多了，她只好靠这种办法，来等待她心仪的人。而现在你却说你不要她了，就像扔掉了一个淘气的气球一样，把她丢在一旁。

作为过来人，我必须要再多说一句，在这种时候，你应该理解她，即便是你已经发现了你们之间的诸多不同。不要草率，更不要莽撞地处理你跟她之间的感情，这是一个老人给你的忠告，毕竟我见过了愚蠢，也尝尽了愚蠢带来的教训。

你的父母，让我转达他们对你的爱，他们都在期盼着你早日回家，虽然之前我不愿意提起这个，我怕你会想家。我必须说的是，你并不了解你的父亲，他就像一棵深深扎根的大树，平时默默无语，只有遭受到刀斧砍伐时，才会呻吟两声，直到被砍倒，才会发出该有的声响。如果你知道曾经有什么样的不幸降临到了他的身上，你就会为他性格丰富的一面和深厚的内涵而感到惊讶。他一直在默默承受着沉重的负担，对周遭的一切凡尘琐事，默默忍受，这是他的选择。感谢你的母亲，把他拯救了出来，让他脱离了焦虑的深渊，她那么和蔼地对待你的父亲，给予他理解和关怀，就像早晨的阳光，冲破层层的乌云。

我的眼睛已经使我不能再多看一个字，我的手也颤抖得无法再写下去了。请你代我向那些视力仍然很好，永远不知疲倦的人致意。

你的老校长，

巴尔达·安德森·乌普达尔

致农学院的学者厄于温·普拉德森：

从你的回信中，我读到了你对我的不满，这让我感到十分悲伤。因为从一开始，我给你写信，并没有想让你生气，我的心是好的，我的本意也没有一点点坏。我知道，我曾经对你有失公允，但那都是过去的事了，我希望你不要介意，这也是我现在一直坚持给你写信的原因。

还是那句话，你不能把我写的信给任何人看。

曾经我觉得我拥有我所期望的一切，那时候，高傲和虚荣控制了我，我对其他人不太友好。但是现在已经没有人在乎我了，这是命运给我的最大的不幸。不仅如此，乔恩·汉特还专门编了一首歌来讽刺我，周围的男孩们都争相传唱。现在我哪儿也不去，不敢出门，更不敢去跳舞，就连曾经关爱我的叔叔阿姨，也都知道了这件事，他们都听到了那可怕的歌。而我也不得不忍受来自他们的冷嘲热讽。难道这个世界都变了吗？现在我只能一个人坐着给你写信，这是我唯一能做的事了，你千万不要把我的信给别人看。

你现在是知识丰富的学者了，我期望你能够给我一些建议，但是现在你也不在我的身边，而是远在千里之外的学府。也许我的这些牢骚，和你在学府之中所接触到的知识相比根本不值一提。但你是我唯一可以倾诉的人了。

你不在家的日子，我常常偷偷跑到崖下去看望你的父母，偶尔碰到你的母亲，我们也会交谈，我想我们已经成了好朋友。但是现在我不想告诉你我们谈了什么，因为之前你的来信非常奇怪，校长也只会拿那封信来取笑我。

当然，校长是那么的和蔼，他是个好人，他对汉特讽刺我的那首歌毫不知情。因为他是那么的受人尊敬，教区里也没有人敢当着他的面唱这样的歌。他的身体和以前相比差了很多，髋骨的疼痛经常折磨他。但是自从读了你上一封来信，也许他认为我应该好好想想，所以现在我只好一个人孤单地待着，没有任何人跟我说话。

我写这封信的时候，一直坐在你的雪橇上，我多么希望可以回到孩提时代，那时候你对我那么好，我们坐着这个雪橇滑过了多少座山坡，度过了多少个美好的冬日。现在我只能保留着这份回忆带来的美好。我不能要求你给我回信，因为我不敢有这样的奢求，但是如果你能够再给我回一次信的话，我想我会终生记得的。

玛吉特·克努斯丹特

请务必烧掉这封信，我现在还不确定我是否敢把它寄出去。

致亲爱的玛吉特：

　　再次感谢上帝，感谢你给我写信。这是我一生中最幸运的时刻。现在我必须要告诉你，玛吉特，我一直深爱着你，自从收到了你的来信，我对你的爱让我几乎不能够再待在这里。如果你也同样爱我的话，乔恩和那些讨厌的人对你的讽刺，还有其他人的七嘴八舌就像缠绕在树上没有用的藤蔓一样，秋天它们就会自行枯萎，得不到大自然的一点儿垂怜。

　　自从收到了你的来信，我感觉像重新开启了我的人生，你在我的体内注入了双倍的力量，让我感到在这个世界上无所畏惧。现在我必须要向你说明，在写出上一封信之后，我一直非常后悔，悔恨和懊恼让我差点儿生病，现在你知道，我为什么会有这样的结果了。前段时间，我最敬爱的督学把我带到一旁，问我到底是怎么了，他和曾经的校长一样，认为这是我太过刻苦、努力学习所致。然后他告诉了我一个好消息，他说，我结束这个学年之后，还可以免费在这里再学一年，我可以做他的助手，帮他做一些简单的活儿，他会教给我更多的知识和技能。我非常珍惜这来之不易的机会，这样的工作是求之不得的，既可以维持我的生计，又可以提高我的技能，我非常感谢他。虽然暂时我还不能够回去，尽管我对你的思念犹如滔滔洪水，不知什么时候就会把我吞没，但是我仍然做了这样的决定，我要留下来，让自己变得更好，因为我知道，我在这儿待得越久，学得越多，将来就能够为你争取到更多的权益。你知道现在我有多么出色，你的心又给了我多大的力量。我干起活儿来当仁不让，一个顶三个，任何事情都冲在前面。我最高贵的少女，现在我希望你可以有一本和我一样的书，这本书里有许多关于爱的内容。

这本书陪伴我度过了很多个夜晚，在别人睡觉的时候我都在看书，然后我在反复阅读你给我的信，不敢想象，你还曾经回想过我们见面时的情景吗？最近我经常想，看这本书，再想想从前，相信我，如果你尝试了就会知道有多有趣。我真的很高兴，我能够一直刻苦学习，兢兢业业，虽然学习确实有些辛苦，但是对我来说没什么可抱怨的，因为现在我可以把所有高兴的事情都说给你听。以后我会给你看更多的书，然后你就会明白，那些真正彼此相爱的人，都要经历大大小小的波折，但他们的真心让他们宁愿相拥而死也不会放弃彼此。我是这么想的，也将要这么做，而且我是怀着极大的喜悦这么做。说实话，距离我们再次相见可能还要有将近两年的时间，距离我们真正拥有彼此，可能还需要更久，但是只要每过去一天，我们等待的日子就会减少一天。

不论工作还是学习，我们彼此都应该坚持这种想法。今天晚上我已经把纸写完了，我下一封信会写给你许多事情。现在夜很深了，其他同学都睡着了，我也要去睡觉了，我会想着你，直到睡着。

你最真挚的朋友，

厄于温·普拉德森

第九章　回家的礼物

　　在盛夏的一个星期六，一大早，托雷·普拉德森就划着小船过河，去接他就读于农学院的儿子厄于温回家。在结束了农学院所有的课程那天，厄于温决定，下午就要从农学院赶回家。他已经太久没有回去了，现在学业已成，他的工作也为他赢得了很多的经验。全家人都十分期待他的归来。为了迎接他，厄于温的母亲几天前就雇了几位妇女来打扫屋舍，家里所有的东西都被擦洗过，十分整齐干净。

　　家里的一切都被收拾得井然有序，客厅还架了一台火炉——怕厄于温回来会觉得家里冷。母亲准备了非常丰盛的食物，各种新鲜的蔬菜、香甜的瓜果，她还取出了新买的亚麻床单，把厄于温的床铺得平平展展的。她期待这一天已经很久了，她总是望向窗外，期盼着能够看到托雷驾的那条小船。屋里的餐桌上，摆满了丰盛的食物，可是她总还忙前忙后地想要再添点儿什么，或者去掉一些没有用的装饰，她也不知道现在厄于温会不会仍然喜欢这些。她精心准备的一切，都在迎接着儿子的归来。她的期待随着时间一分一分地增加，但是船仍旧没有来，她只好靠着窗户，望着船驶来的方向，然后她突然听到，路上传来一阵很近的脚步声，从蹒跚的声音听出来，那是老校长来了。他正在慢慢地走下山，由另一位牧师搀着他，这些年来髋部的疼痛把他折磨得够呛，虽然他那双充满智慧的眼睛看上去很冷静，但是此刻他的内心无比激动。终于走到了厄于温家门前，他才示意搀着他的那位牧师，可以停下来休息了，他朝厄于温的母亲点点头，身体的疼痛让他不由得坐下也要调整一会儿姿势，才能感到疼痛有所缓解。等他喘匀了气，问："他们还没有回来吗？"

"是啊，我也一直在盼着呢！"

"今天的天气真适合制作干草啊！"

"也很适合老年人出来走动晒太阳啊！"

校长微笑地看着她，说："今天也有年轻人外出吗？"

"是啊，每天都有。"

"今天晚上可能会有舞会哦！"

"是的，我猜肯定会有的，托雷说他们不会在他家聚会，除非有老人的同意。"

"托雷做得很对。"

这时母亲突然叫起来："快看哪！他们回来了！"

校长眯起眼睛，使劲儿朝远处看，之后，他也几乎要站起来了，说："是啊！是啊！看！的确是他们！"

小船像一片细长的柳叶，远远地朝他们驶来了，船上站着父子俩，都在用力地划着船，不一会儿的工夫，他们就看清了儿子和父亲的身影。他俩的夹克衫搁在船里，水面在他们卖力的摇桨下翻着白色的浪花，可以看出儿子的个头儿已经和父亲一般高了。在父子两人的努力下，小船朝校长他们猛冲过来。快靠岸的时候，厄于温放下船桨，朝岸上挥手，一边大喊："妈妈！校长！我回来了！你们好吗？"

"听啊，他的声音，他已经完全变声了，我的男孩已经是个男人了。"母亲听到呼喊对校长说，激动得泪流满面，"天哪，快看，虽然他的个子长高了，他的脸还是和以前一样可爱。"

牧师搀扶着校长靠近船边，母亲帮忙拉着船，厄于温绕过还在捆缆绳的父亲跳到了岸上。他先是和母亲热烈地握手、拥抱，又和老校长握手。他神采飞扬，不停地说呀、笑呀。他把这些年的旅途见闻、他的考试、他获得的证书，还有已经收到的面试邀请函……都一股脑儿地讲了出来。他的谈吐和当地农民的习惯完全不同。

他还问了家里的田地和周围好友的近况，但有一个人他却一直没有提起。父亲本来要把他的行李从船上搬到屋里，不过父亲更想听他们谈话，所以他只是把行李放到了岸上，他觉得那也不妨碍什么，于是就进屋来和他们一起说话。厄于温异常兴奋，讲起话来滔滔不绝。母亲也欣赏地望着他，无论他讲什么都随声附和或者哈哈大笑，其实她也不知道要和儿子说些什么了。

老校长在厄于温身旁慢慢地踱步，打量着他曾经最喜爱的学生。之后他们都在客厅坐了下来，厄于温这才关注到家里的变化，房子已经重新粉刷过了，焕然一新，磨坊也比以前大了将近一倍。卧室里和客厅里那些陈旧的窗户都被换掉了；以前阴郁的绿色玻璃也换成了白的，窗户更大更明亮了。可同时他又觉得屋子处处小得不可思议，他记忆里的家可并不是这么狭窄拥挤呀。但他仍旧感到非常快乐。时钟好似唠叨的母鸡嘀嘀嗒嗒，雕花的旧椅子也仿佛要跟他说说这些年的变化，餐桌上闪亮的盘子和洗得洁白的火炉都在闪闪发亮，欢迎他回家。墙壁上、茶几上、桌面上装饰的植物和鲜花让屋里充满了芬芳，他觉得这就像过节一样。

母亲又一阵忙碌之后，他们就坐在漂亮的餐桌前吃饭了。但是大家谈话的兴致仍然高涨，尽管母亲一直在招呼着，可谁也没吃多少。因为厄于温还在侃侃而谈，其他人都在看着他，把眼前这个大男孩和曾经记忆中的那个腼腆羞涩、沉默努力的孩子做着比对，他身上还穿着那件临走时母亲为他新买的厚蓝呢子西装，这更让他们恍惚，不停地思考着他哪里变了，哪里没变。

他讲了一个非常长的故事，是关于他的同伴的，当这个故事终于要收尾，他停顿了一下。

父亲才徐徐张口："你说得太快了，孩子，我都要跟不上，听不懂你在说什么了。"话音刚落，他们就都哈哈大笑起来。

厄于温知道父亲说得一点儿都不夸张，他确实说得很快，不过想让他说慢点儿一时也不太可能。他在远赴他乡求学的这几年里，思维方式已经发生了巨大的变化，他的学习能力、反应能力、理解能力和想象力都有了极大的提高，他不可能再拘泥于乡土习惯的那一套礼仪。他的大脑飞速运转，调动一切器官配合。他会在表达的时候先说几个关键词，然后看家人茫然的反应，再飞快地把这些词串联起来解释一遍，之后再重复一次。他好像因为激动而有一点儿结巴，有时候声情并茂的样子又像在舞台上那样荒谬。当他发现其他人都在惊讶地看着他时，他就马上大笑起来，挥挥手让人忘记这些小插曲。

老校长和父亲边看着他，边问他一些问题，想知道他是否忘记了以前的事。结果令他们非常满意，厄于温记得小时候的所有事情。记得母亲唱给他的歌，记得养在屋顶的小山羊，记得和父亲一起去伐木，记得冬日里和校长的对话，当然，还记得坚信礼之前，他所做的一切努力。不仅如此，他还提醒父亲别忘了把行李拿上来。等到行李搬到屋里之后，他立刻打开了他的背包，把所有的衣服都拿出来，一件一件整理好，再把它们按照穿的先后顺序挂在衣橱里。这是他多年在外求学养成的规矩，衣着整齐、干净、体面已经成了他的习惯。

整理完衣物之后，他开始整理他的书本、文具、随身的杂物，还有在求学和工作中收到的一些礼物。他微笑着轻轻抚摩这些东西，再把它们一件件放好，仿佛也是对自己这几年求学经历的肯定。母亲不知何时走了进来，看到他的样子，觉得他还是和小的时候一模一样，一点儿都没有变。

然而眼前这个大男孩，已经成为满腹经纶的农学家了，这是多么令人不可置信的事情呀！

厄于温终于从沉思中抬起头，才发现母亲呆呆地站在门口望着他，眼中满含着慈爱。"妈妈，有什么事吗？"厄于温问。

"哦！没，没有什么，我只是上来看看你，看看你对房间还满意吗？还需要什么东西？"

"妈妈，一切都非常好，我很满意。"厄于温走上前去，拥抱了自己的母亲，在她耳边低声说，"这些年您辛苦了，感谢您为我做的一切。"母亲深吸了一口气，仿佛一生的愿望都在这一刻达成了，她抽了抽鼻子，把儿子从怀抱中拉起来，双手握着他的胳膊，笑着说："现在你已经是大孩子了，也从农学院毕业了，那么你接下来有什么打算呢？"

"我想先在家里待上一段时间，这样我可以帮忙制作干草，也可以继续学习。"厄于温回答说。他了解母亲的心，同时也非常想家，不想那么快离开，实际上，他也不知道自己将来会去哪里。但对于现在的他来说，没有什么可让他困扰的，因为他才思敏捷，学识丰富，他谈吐幽默诙谐，可以轻松地调动他人的情绪，不再压抑自己，尤其是今天的聚会，就连一向沉郁严肃的老校长都精神振奋，容光焕发，他的样子看上去至少年轻了十岁。

"哦！看来我们这些老骨头完全被年轻人落在山后面了。"老校长对托雷说完这句话，就起身告辞了。

厄于温一家像往常一样，把老校长送到了门口，父亲则送得更远一些。就在这个当口，母亲忽然捏了捏厄于温的手，低声说："晚上九点钟，有人在等你。"

厄于温的眼睛透出不可置信的神情，虽然这是他今晚一直在想着的事。"就在山崖上，九点。别忘了。"母亲仍旧望着老校长的背影，微笑着小声说道。

"谢谢母亲。"厄于温回身瞟了一眼时钟，还有十五分钟就九点了。他感到心潮澎湃，没办法再在屋里待下去。正好现在父亲还没有送完老校长回来，他赶忙走出家门，攀上了山崖。他在儿时和玛吉特初遇的那棵树下坐了下来，趁着这夏日的夜色他望向四周，自家的房子就在悬崖下面，还有曾经拴着小羊的屋顶。灌木丛更加茂盛了，夹杂在灌木丛中的小花也恣意开放。他深吸了两口这夜间清新的空气，他感到这周围的一切都是那么亲切，他甚至可以认出每一棵树。从悬崖向下望，有一条小路，通向海湾和沙滩。路两旁目光所及的是森林的这端，儿时这边的树木还都很幼小，现在它们已经长成茂密的树林了。

他顺着小路的方向，眺望远处的海湾。小小的海湾内，躺着一艘白布帆船，借着水面的反光，可以看到帆船里面装满了木板，随着海风的吹拂，波浪轻摇着小船，好像它等风吹来就能扬帆起航。他望着这月色，望着这海面，这艘小船曾经载着他离开，现在又载着他回来，这一片海湾，就是他和外部世界的联络站，海风抚平了他的忧愁，海水温柔地波荡着，好似他现在的心，正在爱情的港湾里漂荡。几只海鸟不时掠过水面的上空，仍然没有打破这夜的宁静。他看到父亲从磨坊走出来，正要折回家去，但没走几步，又迟疑了一下，走到岸边，检查了小船，又把小船上的东西整理好。父亲进屋后，母亲的影子出现在了窗边，她还在厨房里忙活，之后她走到院子里给母鸡喂食，从她的动作上可以看出她朝悬崖这边张望了两次，然后哼着小曲儿，好像十分轻松的样子。

厄于温就这么静静地坐着，虽然周围的树木丛林很繁茂，有一些挡住了他的视线，但是他的神经依然紧绷着，听觉非常敏锐地捕捉着最细微的声音。可惜夜是这么静谧，很长一段时间，他什么声音也没听到，除了鸟儿振翅的响声，过了一会儿，他好像听见松鼠在树丛间跳动。

他闭上眼睛，感受着周围的一切。忽然远处传来了一阵响动，停下来，又是一阵响动，又停下来。当响声再次发出，已经离他很近了，他赶忙睁开眼，发现是一条长毛的大狗，正从灌木丛中朝他冲过来。到他的身前，狗马上坐了下来，厄于温认出这是海德嘉德高地的狗，在厄于温仔细打量它时，这条狗向后转过头去，摇着尾巴，朝向它的主人，玛吉特从月色中走来了。

一根树枝牵住了她的裙角，她仍然朝厄于温笑着，侧弯下腰轻轻地拨开，她没有戴帽子，头发高高地扎了起来，她的打扮和普通的女孩子一样，身上穿着一件无袖的格子裙，没有戴项链，也没有戴丝巾，脖子上只有一个亚麻布领。她的装束像是刚刚在田里干完活儿，偷偷溜过来，她笑着说："我还没来得及换衣服呢。"她明亮的眼睛望着厄于温，眼眸在月光下闪闪发光，她摆弄着手指，一边说一边用脚尖扫着草尖向前走。她这羞答答的样子，厄于温也不由得看着脸红，他赶忙上前去迎接她，握住她绞来绞去的双手，而她却一直低垂着眼睛，望着地面。

"感谢你给我写的所有回信。"厄于温说。

玛吉特抬起头，笑了起来。

这一刻，森林中最调皮的精灵，终于被他抓住了。

"你比以前长高了好多。"她说。他们开始仔细地端详着对方，一边端详，一边笑个不停。他们不再说话，只是这样默默地站了好一会儿，直到厄于温牵着她，坐到了大树下面。

"现在的我才是真正开心的我，我们两个终于可以不再计较以前的事情，看起来好像是你打开了我的心门。"厄于温说。

她不得不嘲笑他，之后她认真地说："你写给我的所有信，我都记得。"

"我也记得你写的信呀，但是你总是写得很短。"

"那是因为你的期望是信越长越好。"

"是呀，就好像是每次我期望我们能够再深入地聊一些什么的时候，你却总是转换话题。"

"'当你看见了我的尾巴，那就是我最优美的舞姿'，山泽仙女是这么说的。"

"哦，是这样吗？可你却从来没有告诉过我，你是怎么拒绝乔恩·汉特的追求的。"

"我只要大笑就可以了。"

"什么？"

"大笑呀，放声大笑，难道学者不理解这个词的意思吗？"

"现在能让我见识一下你的本事吗？"

"哪有这样的事情？没什么可笑的，怎么能放声大笑呢？"

"那不一定，我认为只要开心就可以大笑。现在你开心吗，玛吉特？"

"拜托，我现在不是在笑着跟你说话吗？"

"是的，你笑得真好看。"

厄于温拉起她的手，放到掌心里，他握住她的两只手，合在一起，打开，再合在一起，再打开，反反复复，他觉得他们两个人拥有了非常多的快乐，他凝视着她的脸庞，感受这夜晚流动的幸福。

就在这时，狗突然跑到悬崖边上，对着下面狂叫起来，它毛发竖立，叫声越来越大，还伴随着低低的吼声。

玛吉特立刻机警地跳起来，想要跑回去，但是厄于温勇敢地走上前去，朝悬崖下望，原来是他的父亲站在下边，狗正朝着托雷狂吠。

"是你在那儿吗？还是你们俩？这条狗难道是疯了吗？"

"这是海德嘉德的狗，父亲。"厄于温的回答略显尴尬。

"海德嘉德的狗怎么跑到这上面了？"

这时候母亲从窗户里探出身子，朝山崖上喊道："托雷！不要招惹那条狗，它每天都在那儿溜达。没什么可大惊小怪的。"

"哦，那真是一条不好惹的东西。"

"或许我应该教训一下它，让它学乖点儿。"厄于温这么说，也这么做了。狗确实平静了一些。

虽然狗还是朝着父亲发出低低的咆哮声，但是父亲已经转身走开了。好像他根本没来过这里，什么也都没有看见。两个年轻人没有被发现，这要感谢厄于温的母亲。

"看来这是个好时间。"在确认托雷已经走远了，玛吉特笑着轻声说。于是两个人就又坐在树下，靠在了一起。

"以后，我们可能会遇到更多麻烦。"玛吉特望着海面。

"比如呢？"

"我知道他会一直盯着我。如果他知道你，也会盯着你。你知道我说的是谁。"

"你外公？"

"是的。"

"放心吧，他总不会伤害我们。"

"我也是这么认为的。这点我敢保证。"

"玛吉特，你真美。"他凝视着她。

"这话狐狸也对乌鸦说过。"玛吉特笑着说。

"之后呢？"

"它就得到了乌鸦的肉啊。"

"那我也想得到肉。"

"很遗憾，你可能得不到。"

"我会尽我最大努力去争取的。"

她垂着眼，把头转了过去。但厄于温又捧着她的脸，让她正视自己。

"你不相信我？"

"我没有那么说。现在我想说的是，你真亲切。"她也凝视着他的眼睛，"可是我现在必须回去了。"

"我跟你一起走。"

"只能走到树林，不然外公会看见你的。"

"好，只要多跟你走一步都是好的，"他的话音还没落，玛吉特却已经跑开了，"天哪，你为什么跑？"

"我们不能肩并肩走过去，会被发现的。"

"那不就不是一起走了吗？"

"你可以来抓我呀！"她身子一闪，躲到了大树后面，之后又快速地跑到了另一棵树后面，"来呀！来呀！"她的身影在树林中穿梭。

厄于温就算多年没有回来，对这里可一点儿都不陌生。他很快就绕到她的后面抓住了她。

"是这样抓住你吗？"

"啊！但你不能永远抓着我。"玛吉特笑起来，马上羞红了脸，可是神情依旧倔强。她这副古灵精怪的样子真是一点儿都没有变。

"不，高贵的精灵，你已经跑不了了。"他笑着刮了一下她翘起的鼻头，但是手刚抬起来，她就趁机矮身从他手臂下面溜走了。她笑着朝前跑，最后在树林的边际停了下来，再往前就是最后一排树了。

"我们下次什么时候见面？"她靠在树干上，望着厄于温说。

"明天，明天。"他温柔地回应。

"好的，那明天见。"她招了招手，就要转身跑开。

"玛吉特！"厄于温叫住了她。

"怎么了？"她回过头。

"还记得我们第一次遇见，就在悬崖上，现在第一次约会还是在悬崖上，不觉得很奇怪吗？"

她笑起来，笑了一会儿回答说："是的，这是不寻常。不过森林的精灵喜欢这样。"说完她就跑开了。

厄于温独自站在树林里，望着月光下她的身影。海德嘉德的狗跑在她身前，欢快地叫着。玛吉特则试图让它安静一些，让它明白这并不是在跟它玩儿。随着她的身影越来越远，最后消失在夜色中，厄于温还停在原地，直到她的脚步声也听不见了，他才转身往家走。他摘下了自己的帽子，抛向空中，抓住，又抛起，再抓住……他觉得现在自己又是一个快乐的人了。这么想着，他戴好帽子，哼着歌走回了家。

第十章　老人的造访

几天后的一个下午，厄于温一家都在制作干草。他的母亲和另一个女孩负责把干草耙好，父亲和他则负责把干草收到屋里。他们哼着小曲儿，卖力地干活儿。远远地，一个光头的小男孩从山丘跑下来，他全力冲刺，穿过草地，赤着脚丫一直跑到厄于温面前，张开手掌递给他一个小小的纸卷儿，很骄傲地说："给你的，那人已经付过钱了。"

"你的脚程真快！"厄于温快乐地说。

"你看看，需不需要回信，我可以给你优惠价。"

厄于温把纸卷儿展开，发现订得很严实，明显是先折叠又打结卷起来的。上面写着：

快藏到树丛里，他正朝你这儿来，不过他走得比较慢。

——一个你认识的人

厄于温把字条装在了口袋里，对光头小子说："谢谢你，看来不需要回信了。不过这些钱给你，请你绕一段路回去。"厄于温把钱给了他，指着山崖说："看见那个了吗？从悬崖上越过去，穿过森林，就能回到海德嘉德了。小心点儿，别被人看见。快走吧！"

"很乐意为您效劳，先生。"光头小子做了个脱帽行礼的姿势，虽然他并没有戴帽子，然后一溜烟跑向了山崖。

看着光头小子跑开后，厄于温决定，他才不要躲躲藏藏。他要向玛吉特证明，他已经是个堂堂正正的男子汉了，再也不是在舞池边看她跟人跳舞的那个软奶酪，可以随意让人挤出水。

因此他挺直了腰板，目不转睛地注视着小山坡。

一个人影正出现在坡顶，他已经是个老年人了，步伐缓慢，时不时停下来休息，查看着路线和要去的方位。厄于温的父母这时也都看到了这位不速之客，他们停下手里的活儿，朝小山丘的方向望去："天哪！托雷！你看那是谁？"母亲惊叫着，脸色都变白了。

"你没看错，我当然知道他是谁。"托雷笑着说。之后他招呼儿子继续干活儿，两人又来来回回搬运干草。他们都知道奥勒这次造访一定没什么好事，不过他们心照不宣，气氛也变得有些凝重。但是老人这次造访的时机或许不大好，父子俩觉得他这一趟旅程有些滑稽。厄于温瞥着老人，低声跟父亲说："爸爸，那人身上是不是背了千斤重的东西，不然怎么半天身影还是那么远。"虽然这样的场合并不适合说笑，可一旦紧张的神经被打破，任何笑话都会引人哈哈大笑。

"你说这话一定没经过思考。"父亲低声回答，但他已经笑出声了。

"咳咳……"已经能听见奥勒老人的咳嗽声了。

"哦，看来他正在清嗓子，为演说做准备了。"爸爸说。

厄于温乐不可支，扑通一下跪在干草堆里，大笑起来。托雷也被自己逗乐了，笑着扔下干草，拍拍儿子，说："起来，我们到谷仓里去。"一手拉起了厄于温，一手提起最近的一包干草。厄于温起来之后，也抱起一包干草跟着父亲进了谷仓。

他俩一进到谷仓里面就把干草一扔，开始不可抑制地笑起来，起初只是低声地压抑着笑，然而当厄于温学了一下老人的咳嗽声之后，父亲也绷不住了，他俩一起哈哈大笑，笑得托雷上气不接下气，需要刻意停下来让自己喘口气。厄于温早已经笑得躺在了地上。两人前仰后合，都不知该如何收场了。眼看老人就要走到院子里，"这太不方便了，"托雷说，"看来他不是来找我的，我可不出去。"

厄于温笑着说："那我也不出去，他和我也没什么关系。"

老人已经站在院子里咳嗽了。

托雷招呼儿子："过来吧，我跟你一起出去。"

"好，那你先走吧。"

他俩站好了，为对方拍掉身上的草屑和灰尘，整理了衣衫，脚步从容地走了出去。

奥勒老人就站在厨房门前，他一手拿着拐杖，一手正在用手绢擦汗，擦完汗又把头上和耳后的头发捋了捋。他的后脑勺儿几乎全秃了，汗津津的头皮暴露在帽子外面。他有一张发红的圆脸，微胖的面庞上遍布了横向的皱纹，配上一双精明的小眼睛，鼻头很宽大，眉毛和胡子倒是十分浓密，像是画像上浓浓的两笔。他牙坚齿固，说话的时候总喜欢提高调门儿，所以他的声音有些尖锐。整张脸看上去就像时刻在生着谁的气，稍有不顺就会发怒一样。

听说他年轻的时候，这张脸倒是显得颇有活力，不过他的脾气也确实急躁易怒，尤其是在经历了人生的种种挫折和不幸之后。为了守住庄园财产，为了保持自己的地位，他变得越来越暴躁，疑心也越来越重。之前神气的眼睛，现在看人总是带着鄙夷的神色。

他擦完汗，又清了清嗓子，厄于温父子已经走出谷仓了，托雷走在前面，厄于温跟在他身后。托雷彬彬有礼地问："这位老先生，是午后来普拉德森散步的吗？"

奥勒转过身，收起手绢，没有正眼看托雷，好像漫不经心地回答说："是的，您说的没错。"说着重新调整了帽子，眼神锐利地盯着托雷和厄于温。

托雷依旧保持和善和庄重："您走了这么远应该累了吧，既然已经来到了我家，为何不进去休息一下呢？"

"哦！我看大可不必了，我要办的事情很快就能办好。办好了事情再回去休息吧！"

他们的对话把母亲也吸引到了厨房门口，她只是半开着厨房门，站在那里。可能是因为疲乏，也可能是因为帽子有一点儿大，为了能不阻碍视线，老人两手扶着手杖，昂着头，身体向后仰。奥勒挑起了一边的眉毛，斜着眼睛瞧着厄于温，问托雷："你后边的是你儿子吗？"

"是的。"托雷回答。

"他就是厄于温，对吗？"

"对，我们这边的人都这么叫他。"

"听说他刚刚从南部的某个农学学校回来。"

"哦，南部是有那么个学校。"

"不知您听说没有，我的外孙女，玛吉特最近好像是疯了。"

"真是个不幸的消息。"

"她疯的主要表现是，她拒绝结婚。"

"没有比这更糟的了。"

"她不愿意嫁给教区内任何一个向她求婚的男孩子。"

"真的吗？"

"是啊，别人都说，她这样是因为你的儿子厄于温。"

"我的儿子绝不会做这样的事！"托雷的语气变得强硬起来。

老人则继续他的描述："我把马儿放出去，让它自由奔跑，我可不希望某个不识相的人私自把它牵回家。"

"谁也不希望那样。"托雷说。

"就像我的外孙女，虽然可以和男孩子们跳舞，但是绝不可以被哪个坏小子拐跑。"

"情理之中，我认同您的话。"

"虽然我现在已经是个老头子了，老眼昏花不能盯紧她，腿脚不灵便跟不上她。"他又仰了仰头，以防帽子掉下来，"但是我家里是有规矩的，什么东西放在哪儿，什么人做什么，都必须井然有序。斧头必须放在那儿，刀必须在厨房里，用人打扫庭院，垃圾必须放在不远处的角落里，而不是仅仅从门口扔出去或者堆在其他什么地方。"老人说完这些话，又咳嗽了几声，继续说道，"所以我认为还没到时候，我的外孙女就不能擅作主张；而到了时候，我告诉她：你应该选择这个，而不是那个。她也应该乖乖听从我的建议。"

"这是您的家事，您说了算。"

"但是现在的情况完全不是这样，三年以来，我给她的任何安排，她都不会听从。我们这三年来相处得也非常不愉快。如果让我知道，这一切都是因为你儿子的话，我希望你能明白，他这么做是非常不明智的，他什么都得不到。所以你如果也知道的话，作为父亲，你应该为他着想，让他放弃做愚蠢的事！"

"是的，是的。"

奥勒老人感到托雷的回答是在敷衍，于是他说："你回答得都很简短，既不说好，也不说不好。"

"这样不是简洁有效吗？就和香肠一样。"

厄于温尽管并不想在这时给父亲添堵，但还是有点儿忍不住。

"你在笑什么？"奥勒眯起眼睛，皱着眉头说。他的声音变得更尖锐了。

"您说的是我吗？"

"对，你是在笑我吗，小子？"

"绝对不能，那真是无稽之谈。"他强忍着笑回答了这句话，刚一出口，他立马感到自己的回答更加滑稽。

奥勒觉得这对父子简直不可理喻，无赖至极。他的脸开始涨得紫红，两腮气鼓鼓的，他喘着粗气，胡子尽管根根立起，却也受到口鼻的强大气流吹拂，一起一落。托雷见到这副样子，并不想再拖延，只想尽快结束谈话。于是他回头瞪了厄于温一眼，然后两人立即显出庄重的神情，但是奥勒压抑了三年的怒火，早就想找个冤家算总账，此刻他更加认定罪魁祸首就是厄于温。

"你们！你们休想愚弄我！"奥勒气急败坏，一字一顿，"我现在和你们说的这些，完全是出于合理合法的理由！我为了捍卫我的家族，捍卫我自己的外孙女，她的幸福决不能让你这个毛头小子窃取！你的狂妄自大和不知廉耻我已经看在眼里了。你竟然嘲笑我！你去你的书里找一找，从没有哪个像样的人家会把悉心培养的女孩嫁给一个卑微的男仆！也没有哪个玩弄女孩子感情的人能得到别人苦心经营的家产！收起你的痴心妄想吧！我绝对不会允许！"他气得一手挥舞着，"曾经因为我的一念之仁，我的女儿跟了一个

96

浪子，断送了她的名声和青春，最后酒精要了他们两个的命，只留下可怜的玛吉特，我已经为他们的荒唐买单。现在，我绝不会让玛吉特再重蹈她妈妈的覆辙！你最好放聪明一点儿！你这个圣诞节的小丑！"他说着，拿着手杖的右手不断向下用力，手杖锵锵地砸向地面，"牧师很快就会颁布禁令，对住在诺达森林的人的禁令！不可能有神职人员为你们主持婚礼！你以为你能胜过那些身家优秀的追求者吗？你这只只能窃笑的狐狸！你以为我不知道你和我外孙女在想什么吗？你以为我会早早躺进棺材，然后就没有人能阻止你了？现在我告诉你，想都别想！我才六十六岁！我的身体还好得很！你可以试试像狗皮膏药一样黏着她，但是你连她的头发丝儿都别想碰到。我会把她送出这个教区，送到安全的地方。你就留在这里，像山里的松鸡一样乱晃吧！你和北风结婚去吧！"

他尽情地咆哮了一通，气鼓鼓地喘着粗气。随即用手杖朝托雷一点："你，你既然还是他的家长，作为长辈，我不得不奉劝你几句。我的观点你都听明白了，为了你儿子的将来，你最好还是好好教育他，让他走走正道，别动歪心思打我的主意。他这样只能自食恶果！你们，也会跟着他倒霉！"

他说完掏出手绢，擦了擦嘴边喷出来的飞沫，之后转身向后一甩，冷冷地哼了几声，一瘸一拐地走了。他跛足而行的样子显得更加不可一世，他的动作也令人心生厌恶。所有人都被这一通没头没脑的怒骂弄得心情糟糕到极点，就好像这个院子里刚刚经历了一场搏斗，或者被强盗打砸了一通。母亲焦急又无助地看着父亲，眼睛含着泪，她既想说点儿什么安慰厄于温，又什么都不敢说，怕儿子会更难受。厄于温也在注视着父亲，因为如果仅仅是老奥勒无礼的教训，他还可以努力，但倘若父亲也同样反对的话，他就几乎没有任何希望了。

托雷神情严肃，目送着老奥勒远去的身影，他低头掸了掸裤子上的灰尘，接着迈步进了屋。厄于温还是跟在父亲身后，此刻他心神不宁，一个又一个的坏念头在他脑海里出现。

他不得不面对挡在他身前的几座大山。首先是家庭的贫困，为了支持他的学业，家中积蓄已经都花在了他的身上，而自己尚未能回报父母。其次，自己远赴他乡求学，乡里居民并不理解，家庭苦苦支持多年，乡人对他早已议论纷纷，无田无地无庄园，学那么多知识用到哪里？这些误解不消除，他依旧和玛吉特有很大差距。更别说现在老奥勒这一番羞辱和反对，恐怕将来的道路会更加艰辛，他多年前受伤的自尊心现在又被伤害，他感觉自己试图抓紧的一切未来，此刻都在眼前渐渐消散……他望向母亲，而母亲比他还要伤悲，她靠在厨房的门上，手紧紧握着门把手，她不敢说话，屋里的气氛压抑得让她喘不上气来，如果托雷也反对，她觉得没法面对多次来和她聊天的玛吉特，更无法面对此刻儿子求助的眼神。她最终还是没有勇气，几次欲言又止之后，她慢慢转身，走出门去了。

托雷此刻站在窗前，只是望着窗外，厄于温见没法求助于母亲，只好又站在原地，思绪纷乱。他想努力让自己镇定下来，但是有一个念头在脑中挥之不去：只有死神能把我们分开。他这样想着。最终，托雷长长地叹了一口气，回过身，看了看四周，妻子不在，只有儿子。他默默看着儿子，良久之后说："我觉得你应该放弃。"很慢很轻，他说出了这句话，厄于温的心震动了一下，"如果一样东西让你受到威胁，那么你就要考虑是否还要追求它、得到它，这是人们通常的选择吧。"

厄于温定定地看着父亲，"是的。"他答道。

"但是即便是这样，你还要坚持的话，你得给我一个理由，你认为什么情况下有可能成功，说不定我还可以帮帮你。"

说完这句话，托雷就又转过头去了，他不忍看着儿子含泪的眼神，可是他的话却产生了神奇的力量，在厄于温听来，这是父亲对他的鼓励。

晚上，他苦苦思索将来的计划和发展，未来的规划和图景就在少年眼前徐徐展开了。他决定，首先努力帮助周围的农家，用自己的知识帮助他们改良农具，获得更好的收益，渐渐成为这里的农学家；然后向教区的督管和校长寻求帮助。当然，这一切都得在玛吉特始终能坚持对他的心意的前提之下。

"如果老天帮忙，她不放弃，那么我就会拼尽全力证明自己，永远守护她。"想好了这些，他又独自出门，走到了悬崖上。不知道今天发生了那样的事，她还会不会来。可惜，他等了很久，玛吉特还是没有出现。他只得回去，路上唱起了那首他求学时最爱的歌：

> 男孩抬起头，不要压抑你的渴望；
>
> 有梦就去追，不要落得两败俱伤。
>
> 喜悦是一切的解药，
>
> 希望是阳光在闪耀。
>
> 抬头仰望吧！
>
> 那是希望的曙光。
>
> 千万种不同的话语，
>
> 唱着同样的歌谣。
>
> 抬头仰望吧！
>
> 那是蓝色的顶穹。

竖琴弹起来吧！

跳起欢畅的舞蹈。

男孩抬起头，

唱出你所想。

希望的种子已经种下，

就让它生长，就让它强大，

它终将让生命伟大。

抬头接受吧！

挫折的洗礼，

高飞的梦别怕跌到底。

希望之光普照大地，

让生命得以繁衍生息。

第十一章　爱情的勇气

　　在炎热夏日的午后，这通常是海德嘉德高地的人们午休的时间。还没来得及收拾完的干草，散落在地上，耙子和其他农具，也都随意地扔在地上。炎热的中午就连运输也停止了，运干草的雪橇被扔在了谷仓桥下面，马儿就拴在稍远的地方，它们在打着盹儿，旁边堆放着马具。田野里只有几只母鸡还在闲逛，除了这些动物，甚至都没有一只鸟在这时候飞起，仿佛被施了沉睡魔咒，整个平原充满了慵懒的寂静。

　　海德嘉德高地有一片平原与山间的峡谷相通，峡谷里水量充沛，冲出了这片平原，自然这个平原十分广阔，土地也非常肥沃，这就是海德嘉德高地的牧场。从峡谷上的农庄，可以俯瞰下面的平原。就在这个寂静的午间，有一个男人正站在峡谷内，向下观察着，好像是在注视着某个人。他站的位置后面就是一个山间的小湖，湖水是由一条小溪缓缓注入的，这条小溪连通着山川之间的河流。湖的两旁是牧牛的通道，通向远方的高地牧场。

这时，远处飘过来一阵叫喊声，还有狗吠的声音，惊得牛群也开始移动，牛铃的响声在群山中回响。原来是因为牛儿不知不觉各自散开去寻找水源，所以现在牧童和狗不得不通过叫喊，再让它们重新聚拢到一起。散乱的牛群受到牧童和狗的驱赶，不得不慢悠悠地聚在一起，还有几头，走到了更远的水边，它们被狂吠的狗驱赶得以奇怪的姿势疾奔而来，冲进牛群里，冲得其他的牛也发出低低的怒吼。由于天气实在太热，牛群即便被驱赶到一起，还是会扎进附近的水中。它们尾巴朝上，使劲儿地冲进水里，它们在做这些动作的时候，会不自觉地摇动头部，牵动牛铃叮当作响。牛铃的声音悠扬地穿过水面，在峡谷中荡漾。

　　牧童们跟在牛群后面，找了一处阴凉坐了下来，狗也走到水边喝了些水，站在牧童的旁边。他们选定了这块地方，决定在这里吃午餐。牧童们拿出各自带的午餐盒，一起在树荫下，边吃边聊，有的吹嘘他们家的狗有多么忠勇，有的吹嘘他们家的牛有多么聪明，还有的说他们的家人是多么善于经营农场。他们吃完午饭，也受不了这夏日的炎热，有几个牧童就脱下衣衫，跳到水中和牛儿一起嬉戏。狗一般是不跳进水里的，它们这个时候会在岸上慵懒地走动，或者直接趴下休息。趴在岸上的狗耷拉着耳朵，眼睛热得发红，吐着舌头。

　　在这片牧场的周围，听不到一声鸟叫，也没有一点儿其他的响动，孩子们的嬉闹声和牛铃的叮当声，充满了整个山谷。太阳火辣辣地炙烤着大地，仿佛万物都被它灼伤了，连花儿都被烤得枯萎。在这样炎热的午后，厄于温却坐在溪流边等待着，他盼望的人始终没有出现，他开始觉得有一点儿焦虑。就在这时，一条大狗突然从诺尔迪斯图恩家的大门冲出来，一位穿着白色短袖衬衫的女孩，跟在狗后面也跑了出来，她脚步轻快地穿过草坪，朝悬崖方向跑去，厄于温非常心急地想要喊住她，但是他不敢这么做，因为周围实在太安静了。他仔细观察了一下这个农场，确认确实没有人会出来发现他，排除了被侦察的危险，他不耐烦地站起身来。

玛吉特沿着小溪旁的那条小路慢慢跑来，狗在她的前面跑着，不停地嗅着空气中的各种味道。她用双手劈开前面的矮灌木，天气实在太热了，她的脸已经被热得血红，脚步也越来越沉重，跑这么一段路实在是太累了，如果再走一会儿，可能她就要被热晕了。厄于温朝她跑过去，狗儿看见厄于温又汪汪地叫起来，但玛吉特很快制止住了它。看到厄于温朝她走来，玛吉特马上坐在了一块大石头上，她已经筋疲力尽了。

"哦，太感谢你走过来了，"玛吉特疲惫地说，"天实在太热了，路又这么远，我让你等很久了吗？"

"不，并没有很久，每天晚上我都会受到监视，我相信你也是，所以恐怕只能利用中午的时间了。但是我想，什么时候我们能不用这样秘密地约会，不用再费这么多的周折，浪费这么多的时间，这就是我今天最想跟你说的。"

"不秘密地约会？"玛吉特不明白，他说这话到底是什么意思。

"我虽然知道这样秘密地约会让你感觉能够安心，但是我认为我们有必要展示出我们的勇气了。今天我想跟你好好谈谈这个问题，你能先听我讲吗？"

"还是关于你想成为我们教区的农学家的事吗？我当然希望你能行，可是这真的行得通吗？"

"是的，我觉得这是我唯一能够成功的办法。第一，成为农学家，能够为我自己赢得一个好职位。第二，也是很重要的一点，我在教区内的成就，能够被你的外公看到，我的成绩他也能够理解。第三，我认为能够这样做的原因，是海德嘉德有许多的年轻人，他们拥有财产，但是他们急需改善目前的环境，需要有经验或者懂农业知识的人帮助他们，他们也愿意为此付钱，所以我认为这是一个很好的基础。我可以先从他们开始，帮助他们管理手中的一切，哪怕是管理马厩或者是水管。除此之外，我还会担任一些教学工作，我会用我自己的行动赢得你外公的认可。"

"厄于温！你这番话真是说到了我的心里。你有这样的志向，我非常佩服你，我也非常为你高兴，那么接下来呢，还有什么需要我做的吗？"

"当然了！玛吉特，那些都是外面的事，关于我们两个也有一件事，这件事非常重要，关乎我们的未来，那就是你一定不可以离开。"

"可如果外公逼迫我呢，他命令我呢，也不可以吗？"

"那就需要我们两个人坦诚相待了，你对我毫无保留，我对你没有秘密。"

"即使他折磨我，我也不能走吗？"

"亲爱的玛吉特，你听我说，我认为我们公开交往比秘密约会的收获要大，因为那是真正地守卫我们的爱情。我们要经常抛头露面，出现在其他人面前，让他们不得不经常谈论我们的感情有多么深，我们是怎样互相爱慕，这样，村里的人很快就会祝福我们一切顺利，所以这种时候，你一定不能离家出走，别人的闲言碎语，可能会让那些相爱的人无法在一起。

"之前我们没有注意到其他人的议论，但是第二年，我们就要注意了，因为他们开始让我们相信他们所说的。接下来，我们要每周约会一次，如果有人在我们中间制造隔阂和伤害，你我也不能当真。

除此之外，我们还要经常在舞会上一起跳舞，展现我们的默契，让其他人为我们歌唱，为我们欢呼，即便有些心存不轨的人就坐在我们周围，他们还会出言中伤我们，但这些都不必在乎。还有做礼拜的时候，我们会遇见，我们要互相打招呼，这样可以让距离更远的人们注意到我们。如果有人为我们两个编那种嘲讽的歌词，我们就一起坐下来，然后一起起身应对他们。我们如果齐心合力，一定能够成功的，只要我们的心在一起，就没有人能够伤害我们。

"就像我给你的书里面写的那样，所有不幸的爱情，都是因为恋人的胆怯，或者虚弱；工于心计、爱算计的人，还有狡猾的人，总是会为自己的狡猾付出代价；而追求感官刺激的人，他们并不是真正关心对方。我们要把这些都屏蔽掉，舍弃这些不良的因素。因为一对恋人如果真正相爱，他们就不会有恐惧，他们会笑着在其他人的祝福和微笑中，来到教堂的门口。这些都是我在书里读到的，我曾经预见到我也会走到这一步，我们不能唯唯诺诺，也不能够躲躲藏藏，就这样屈服于那些所谓权势之下。更何况这实际上也没有什么权势，包围在我们身边的，只是一些闲言碎语而已，还有一些见识短浅的乡人。秘密的爱情是可怜的，也是卑微的，当然最开始的时候，是因为害羞，恋情都秘而不宣，但是真正的爱情应该生活在太阳之下，享受阳光雨露，这样的爱情才能够结出幸福的果实。就像埋下一粒种子，要生长的事物是没法遮掩的。无论如何，你会看到，干枯的叶子落下，种子很快发芽，新叶从树梢长出来。真正拥有爱情的人，会把以前所有的垃圾都清除掉，因为爱情就是他们的琼浆玉液，会在生命中流淌不息。难道你以为之前没有人注意到我们吗？只有实现了真正属于我们的幸福，其他人才会祝福我们。我的姑娘，让我们坦诚相待，这样对我们和其他人都有好处。我读过太多这样的例子了，有些仍然活在教区里人们的记忆当中，而讲述这些故事的人，并非只是为了记述一个故事，或者安抚那些处在煎熬中的恋人，讲述这些故事的往往都是孩子，他们的故事也被编成歌谣，一段一段地传唱。玛吉特，我们两个必须联手，请相信我对你做出的承诺，也请你把你的信任交给我，我们相濡以沫，携手共进，我相信一切都会好起来的。"

说完这些话，厄于温拉着她的手，让她靠近自己，想要拥抱她，但是玛吉特扭开了，她灵巧地一转身就从大石头上滑了下去。厄于温坐在那里，微笑着看着她，于是她又返回来，把头枕在他的膝上。"可是厄于温，如果他下定决心要把我赶出去呢，我们那时怎么办？"她看着他的眼睛，忧愁地说。

"你一定不能走，你要拒绝他。"

"哦！我的天哪！他可是我的外公，这怎么可能呢？"

"为什么不可以拒绝呢？他总不能把你拖到门外，塞进马车里吧？"

"你想得太简单了，就算他不那么做，他还有很多方法可以威胁我。"

"真的吗？如果是这样的话，那你就服从吧，只要不是罪恶的事。但是你也应该让他理解你，这个时候服从他的要求实在是很难。我认为如果你真的这么做了，他会改变想法的，你没有听到他现在和其他人说的一样，都是一些幼稚的废话，我们需要做的只是向他证明，我们两个的感情是多么的深厚和认真。"

"在他看来这种事情根本不需要浪费时间，因为他认为我就是他说的关在屋里的小山羊。"

"可是你要做一只每天挣扎好几次、想要摆脱绳子的山羊呀！"

"我觉得我可能做不到。"玛吉特低下了头，闭着眼睛哀伤地说。

"这是真的，你看，每当你偷偷想我的时候，就是在挣扎着摆脱他的控制。"

"如果这么说的话，一天确实是有好几次了，但是你怎么知道我会经常想你呢？"

"傻姑娘，如果你不想我的话，你也不会在这时候还跑出来跟我约会了。"

"天哪，难道不是你捎信让我来的吗？"

"是我捎的信，但是也是因为你在心里想着，才愿意到这儿来的呀！"

"不是因为天气好吗？"

"刚才你还说今天太热了，你都要热晕了。"

"是的，那是因为上山太困难了，如果我又下去了呢？"

"那你为什么要上来呢？"

"因为我需要休息。"

"在休息的时候顺便来跟我谈恋爱？"

"我是为了让你能够听到有趣的事情。"

"在其他人都睡觉的时候？"

"不，有铃铛在响，这里还有牧童醒着。"

"还有，在月光下的小树林里？"

"那是因为我爱那里的月色。"

时间已经不让他们再闹下去，因为这时候玛吉特的外公已经慢悠悠地从屋里走了出来，看来他已经睡醒午觉了。他走到了农庄里，拉动绳钟，想叫醒牧场上的工人，工人们也都慢慢地醒来了，他们三三两两地从马厩、棚屋里走出来，哈欠连天，睡眼迷离地朝他们工作的地方移动，很快他们就零星地分散在了牧场上。于是，海德嘉德高地的牧场上又出现了一派繁忙的景象。

奥勒老人在他的农场里走来走去，似乎在找玛吉特，最后他爬上了谷仓，在谷仓顶上瞭望。他怀疑那边大岩石上的两个黑点就是厄于温和玛吉特，现在是大狗第二次给他们惹麻烦的时候了，它看见一匹马冲进海德嘉德，它认为自己应该履行职责，于是竭尽全力地狂吠起来。

即便他们大声呵斥，也无法让这条狂怒的狗安静下来，外公毫无疑问已经发现了他们，现在情况变得更加糟糕，因为所有的牧童和狗都听见了这奇怪的吠叫。他们冲上来，想看看到底出了什么事，直到最后他们才发现，闹事的原来只是一条毛发僵硬的大狗，这样的阵仗让玛吉特赶忙跑开了，连再见都没来得及和厄于温说。

那些听着吠叫声跑来的狗，见到了玛吉特的大狗，就像受了刺激一样，全都嗥叫起来，接着又互相扭打撕咬。厄于温趁乱穿过森林，跑到了通往教区的小路上；而玛吉特就没那么幸运了，她在篱笆附近遇到了她的外公，这些全都是狗的错。

"你是从哪儿跑过来的？"

"从森林里。"

"你去森林干什么？"

"我去摘草莓。"

"你在说谎。"

"是的，我说谎了。"

"那你去森林做什么？"

"和某个人见面说话。"

"是普拉德森那个男孩吗？"

"是的，您想的一点儿都没错。"

"够了！玛吉特，我已经忍耐你很久了，明天你必须离开家。"

"不！我是怎么都不会走的。"

"玛吉特，你听我的吧，我只有这一件事，拜托你，你必须要离开这里。"

"不，我不会走的，您总不能把我抬进马车里。"

"真的吗？你认为我不能那么做？"

"您不会那么做的。"

"好吧！那么做做运动，我告诉你，我只需要做做运动，就可以毁了那个兔崽子的脊椎骨。"

"不，您不敢这么做。"

"哈哈哈！我不敢？你竟然说我不敢？谁能阻止我？"

"校长，校长会阻止您的。"

"校长？那把老骨头会操那家伙的心？"

"是的，就是校长让他去读农学院的。"

"玛吉特，我已经不想再跟你废话了，你必须离开这个教区，不然你只会给我带来悲伤和麻烦，你和你的母亲一样，给我的只有麻烦和伤害。现在我已经老了，我只想看到你生活得幸福快乐，我不想再因为这件事遭到人们的嘲笑。我已经当了一次傻瓜，不能再当第二次，我希望你为自己好好想想。玛吉特，我说的这些你应该能够理解，也许不久之后我就会离开人世了，那时候只有你孤零零地留在这里。想想吧，如果不是你的外公，没有母亲，你会怎么样呢？理智一点儿，听我的，我是真心为你好。"

"才不是呢！您并不是为我好。"

"不是为你好？难道我是为自己吗？"

"是的，别再拿'为我好'当幌子了，您从来都没有为我想，一切都是您想按您自己的意愿行事罢了。我和什么人结婚，都是您想要的，都是您安排的，您根本就没有问过我，没有考虑过我愿不愿意，没有问我的感受。"

　　"你的感受？你就像个稚嫩的小羊羔，你知道什么叫为你着想吗？你知道什么叫真心为你好吗？我没想到自己的外孙女竟然这么愚蠢。我觉得是时候让你尝尝挨打的滋味了，别以为现在你长大了，我就不能够打你。

　　"玛吉特，你并不是一个坏女孩，但是你现在已经疯了，你失去了理智，所谓爱情让你盲目。我可从来没有对别人这样过，现在我们这么友好地交谈。看看吧，一只随便飞来的穷鸟，就要把我的小甜心拐走。你的父母从来没有认真对待过你，事实上，你那个浪子父亲，也没有照顾好你妈妈，只有我照顾你，以后，只有你自己照顾自己了，这是我和你唯一能做的事情。如果你相信校长，那就让校长来谈吧，他自己有钱，牧师也有钱，就让牧师布道吧。我现在老了，虽然我懂得很多，我的经历让我知道了什么是爱情，你谈谈恋爱也是好的，但是，和他的爱情并不值得你牺牲一切。你可以和优秀的人谈恋爱，比如说和牧师谈一谈，然后你还可以学点儿写作，或者学点儿数学。可事实是，没有一日三餐、没有经济来源，你能够谈什么恋爱呢？你会终日忙忙碌碌，为一餐饱腹而焦虑。你已经明白我说的话了，现在你还有什么要说的吗？"

　　"我真的可以说吗？"

　　"当然！当然可以，你现在就可以说。"

　　"我想说的只有一句话，外公，我非常在乎我的爱情。"

　　老奥勒被外孙女超乎寻常的勇气惊呆了，她就那么在那儿站着，他忽然想起了之前类似的谈话，和完全不同的结果，这一次，他摇摇头走开了。

他下午的脾气非常坏，先是和管家大吵了一架，又责骂那些做编织的姑娘干活儿不勤奋，随后把大狗也鞭打了一顿，这一下午的波涛，几乎把田野里面闲逛的母鸡吓破了胆儿，但是他一直到晚上也没再跟玛吉特说一句话。

这天晚上，玛吉特躺在阁楼上，她打开窗户，感到格外的开心，心情从没有这样晴朗过，她躺在窗台上，仰望着夜空，唱起了曾经唱过的最好听的爱情歌曲：

你会爱我吗？

我会永远爱你！

在生命的长河中，深深爱着你。

夏日太短，

花儿腐烂，

可春回大地，又会陪伴着你。

还记得你去年的话语，

如今还在耳边，

我独自坐着，

就会给你一片天空，

在我的心中飞翔。

阳光灿烂，你描绘着未来的好时光！

亲爱的，亲爱的，

男孩在树林中叹息，

女孩惊慌，

请你为她指路，
因为黑夜正在编织她的寿衣。
嘘嘘嘘！
请轻轻亲吻。
晚安，晚安，
让梦想拥你入眠，
你认为那些伤人的话不必在意，
但却伤害着我对你的爱意！
我只有在甜蜜的梦里，
才能听见你的呢喃低语，
轻轻呼唤我，
让我在夜里翻来覆去，
这就是我一直想念的你！

第十二章　海德嘉德高地的婚礼

时光总是匆匆流逝，年轻人的梦想在几年之后，也终将得到他应有的答案。

在一个清凉的秋日，诺丁斯坦恩迎来了老校长的拜访。他从最外面的大门进来，院内却空无一人，他接着往里走，又推开一扇门，还是没有人，他沿着长长的走廊，一直走到建筑物的最里面，四周寂静极了，他努力眯着眼睛才看清，旁边的房间里有一个人影。他拄着拐杖，慢慢走过去，那是另一位老人——老奥勒孤独地坐在床边，眼睛盯着自己的双手。他们互相打了个招呼，然后校长在奥勒床边的凳子上坐了下来。

"我亲爱的朋友，听说你曾经派人去请我过来？"校长说。

"是的。"

校长拿出烟卷儿，望了望房间的四周，随手拿起桌边的一本书，翻看了一下，接着又放下来。老奥勒向他挥了挥手，意思是请他随意一些，这里也可以抽烟。于是校长把烟点燃，抽了几口，又望着老奥勒说："你找我过来到底有什么事呢？"

"哦，请您给我一点儿时间，让我把思路捋一捋。"

老奥勒看起来比以前老了许多，那曾经让人惧怕的愤怒的圆脸上，写满了疲惫与苍老。一阵静默后，校长开口说："想开点儿吧！你我都已经是风烛残年的老人了，我说，你看起来可是老了许多呀。"

"可不是嘛！你看，谁都看得出来，我老得很快，我正想跟你说这个，我的身体一天不如一天，不知道哪一天，生命之火就把我这副老骨头燃尽了。"

"既然知道如此，你更要好好地照顾自己呀！"校长又拿起刚才那本书，抚摩着封面。

"那可真是一本不错的书。"奥勒望着校长。

"是啊，是不错，你把它放在了床头，可是这书还很新，你多久才会看它一次呢？"

"哎，没有那么多的心思，我最近……"老人欲言又止，长长地叹了口气。

校长把书放到一边，认真地看着老奥勒，这位曾经以专横跋扈闻名高地的人。

"我早就跟你说过了，奥勒，并不是所有的事情，都能够按你的意愿发展。"

"你说的很对，好在现在还没有发展到不可收拾的地步。"

"这样的事情是人人都可能碰到的，我也曾经像你一样苦恼，年轻时我有一个很要好的朋友，我们住在一起，但是却常常因为小事闹矛盾，我总是觉得他应该先来跟我道歉，或者提出跟我和好。他一天不来，我就心里难受一天。最后，我再也忍不下去了，所以我主动去找他，我们两个很快就冰释前嫌了，那感觉真的很好。"

老奥勒抬起头望着校长，但是没有说话。

校长于是接着发问："你认为你的庄园现在经营得怎么样？"

"毫无疑问，我的庄园跟我一样，一天不如一天了。"

"那么你有没有想过，你如果有一天不在了，要把这笔财产留给谁呢？"

"我不知道，我无法回答，这也正是一直以来困扰我的一块心病。"

"海德嘉德周围的人们，尤其是你那些年轻的邻居，近年来农庄可是经营得风生水起啊！"

"是的，这些我都知道，因为他们请了那个年轻的农学家，帮助他们管理农庄。"

校长的表情严肃了起来，他望向窗外，认真地说："奥勒，虽然你的经验很丰富，但你也同样需要帮助。你多年按照以前的办法经营，很少走出去看看其他人的做法。可这个世界却一直在进步啊！别人早就淘汰了老旧的方法，学习了新的管理经验，可你对这些都知之甚少，你不能再这么故步自封了。"

"你说的这些都对，可是我不知道有谁能够帮我。"

"你难道没有听说吗？或者你试图寻找过谁可以帮你吗？"

老人低下了头，没有回答。

校长则继续开导他："曾经，我和我的朋友洛克之间发生过这么一件事，我们两个有一段时间相处得非常不愉快，我对他的诸多做法都感到不满，于是我们终于爆发了争吵，我觉得非常委屈，大声对他喊道：'你对我一点儿都不友善！'想不到，他却反问我：'那你向上帝祈祷过要我对你友善吗？'是啊，他说的没错，我从来没有那样做过，所以从那天起，我就开始向上帝祈祷，希望他能够对周围的人都友善一些，后来，如你所知，他是个非常好的人，我的愿望达成了。"

校长的故事讲完了，老人却沉默不语，只是凝视着自己的双手。

良久之后，窗外传来了一阵欢快的鸟鸣。老人终于开口说："我的外孙女，她是我的宝贝，她知道怎么样能够让我快乐起来，可是她却不愿意那么做。"

校长还是那么和蔼地看着他，笑着说："或许，即便她能够让你高兴，她自己也不能得到快乐。"

奥勒无奈地摊摊手，没有说话。

校长说："我已经看出来了，你有很多困惑，但据我所知，你的这些困惑都和嘉德庄园分不开。"

"嘉德庄园曾经是最好的，这里土地肥沃，海德嘉德家族代代相传，我们祖祖辈辈都在这块土地上耕耘，活着的时候，在这里辛苦地劳作，死后葬在这里。现在它却在我手中，衰败成了这个样子，我不知道，也不敢想象如果我不在了，这片土地会怎么样。"

"你说过你的外孙女知道怎么做会让你快乐，她会继续守护这里的。"

"可她会出嫁的，我想知道，她会嫁给谁，这是我死之前最后的愿望了，我想知道到底是谁要来经营嘉德庄园，如果再拖下去，我和庄园都等不起了。"老人神情凄切，悔恨、怅惘、愤怒与恐惧，一时之间在他的脸上都浮现了出来。

校长说："得了！老伙计，别总这么发愁了，今天的天气很好，我们一起出去逛逛怎么样？"

"好啊，难得有人愿意陪我一起，现在岁数大了，走得慢，年轻人早都不愿意跟我一起走了。"

于是他们慢慢地站起身，拿起各自的拐杖，踱出了屋子，他们站在门口，校长说："你准备带我去哪儿呢？"

"就到我的庄园里逛逛吧，这时候山坡上应该会有工人捡树叶，平时如果我不盯着他们，他们就会偷懒，就好像他们不是为我工作一样。"两个人戴好帽子，蹒跚地走了出去。

当他们一走出门，转到朝向牧场的一边，奥勒就马上变了一个人似的，愤怒地指着地面，说："看哪！简直是乱七八糟，这里就像被打劫了一样，木柴也扔得到处都是，连斧头都没摆好！"

说着，他单手拄着拐杖，极其困难地弯下腰，把斧头捡了起来，摆到柴火堆的旁边。

"哦，这可真是糟糕啊，你的兽皮不知道什么时候掉下来了，有什么人负责把它挂好吗？"

"一切都不能指望别人！"老人又慢慢地走过去，亲自把兽皮捡起来，挂好。

"看！储藏室的梯子又不见了，真是再也忍受不了，每天都是这幅景象，我一出门就有无数的事情等着我自己去做，其他人什么也干不好！"

他们继续往前走着，远远地听到从山坡那边传来了愉快的歌声。

"他们工作的时候还唱歌吗？"校长问。

"不不不，这不是工人在唱歌，是小克努特，通常这个时候他都会帮他爸爸一起捡树叶，我的工人们在那一边，他们在工作的时候应该是不敢唱歌的。"

"这不是教区里的歌，对吗？"

"听起来不是教区里的歌。"

"你听说了吗？厄于温现在是这里出名的农学家，这也许是他教他们唱的，他走到哪儿哪儿就有歌声。"

老人气鼓鼓的，没有回答。

接下来他们要穿过田野，向山坡走去，但这条路非常难走，磕磕绊绊，两位老人都不得不互相搀扶，才能勉强行走，校长也忍不住对这样的路况提出了一些建议。

"实在太难走了，"他们只好停下来，然而老人却摇摇头说，"这样的地方太多了，我实在无能为力。"老人摘下帽子，擦了擦头上的汗，今天的所见所闻都让他感到无奈又伤心，他对校长说："我如果雇人来修这条路，又没办法看着他干活儿，就算花掉了应该花的钱，也得不到好的结果，这样代价太大了，所以我现在已经很少穿过这片田野了。"

他们又休息了一会儿，才走过这条崎岖的路，他们慢慢地在庄园里转着，老人也渐渐从愤怒回归了平静，他和校长讨论着农场的规模，以及还有哪些地方可以改善，他们决定，一起搀扶着爬到斜坡上，因为这样可以看到整个农场。这对两位老人来说真是不容易，他们费尽了力气，才爬到一个相对高的地方，可以俯瞰整个农场的景象。他们一站定，老人就几乎要哭了出来，他哽咽着说："看到农场今天这个样子，我的心真是遭受折磨，从我的曾曾曾祖父那一辈开始，他们就这样眺望着这片土地，他们曾经的成就多么辉煌，可现在他们的成果荡然无存，这都是我的过失啊！"

校长正要安慰他，要知道上了岁数的人不应该这么激动的，情绪波动太大，他们的心脏可承受不了。校长正要开口，一阵歌声又传到了他们的耳朵里，他们回身找寻着，这歌声的来源，从高音的地方可以听得出来，是一个男孩在唱着歌，他好像在用全身的劲儿，以期望能够发出最高的高音，然而声音却有些刺耳。

他们回身寻找着，终于在一步远处的一棵树上，他们看到了，小克努特·斯托恩，他正在帮他的爸爸捡树叶，现在他们只能硬着头皮听这首歌了。

> 我们走在山顶的小路上，
> 葱翠的景象就在我们身旁，
> 不要把负累装进行囊，
> 那会成为障碍，
> 阻挡我们到达水晶之泉。
> 让欢乐的歌声把困难都带走，
> 一路冲下山梁。
> 树上的鸟儿也向你致意，
> 带走那些闲言碎语。
> 我们顺着小溪逆流而上，
> 溪水越来越清甜，
> 不要停下脚步，
> 继续逆流而行。
> 欢快的歌声一路伴着你，
> 这些都是儿时的快乐回忆。
> 山泉、石楠、小树林，
> 这些景象熟悉又清新。
> 在树荫下休息，
> 聆听自然的声音，
> 那是孤独的圣歌，
> 嘹亮地传遍这里，

飞向远方的土地。

哪怕一粒小小的石子，

滚动起来也能震动大地，

全世界在一起律动。

溪水是最美的音乐，

洗刷世俗的烦恼声，

亲爱的，让我们一起在这里祈祷，

不让过去的烦恼萦绕。

你会在这里，

发现美好的消息。

始终记得选择先知的人们，

丹尼尔和摩西，

他们的快乐都得到了满足，

可以安详地在土地里安息。

　　奥勒老人已经坐在地上哭了起来，他用双手捂住了脸，这一切都是他不想面对的，然而却切切实实地发生在了眼前。校长陪伴着他，轻声安慰着他，过了一会儿，他的情绪平复了下来，校长说："现在我们来谈谈解决的办法吧。"

　　在这座高原下面的普拉德森，厄于温正驾着马车，从稍远的教区赶回家来。这几年他的工作使他总是四处奔波，但是身为教区的农学家，他能够拥有一份很好的收入，也为他赢得了良好的声誉，这里没人不知道他。他一直住在自己的小房间里，有空就帮助家里干活儿，现在的普拉德森，到处都已经改善，但是他们能管理的地方毕竟实在太小了。厄于温管这里叫作母亲的玩具农场，因为这里的一切都是母亲在照看。等他换完衣服，父亲也从磨坊回来吃晚饭了，他浑身都是面粉，衣服都变成了白色，他必须要好好洗漱一番，厄于温和父亲说好，在晚饭前还可以出去走一走。

突然母亲神色慌张地跑了进来，好像看见了什么不得了的事情，她脸色苍白，说话结结巴巴，指着外面："天哪，我刚才看到有一群，一群很奇怪的人，朝我们家过来了！"

于是一家三口都赶忙趴在窗户上朝外看，厄于温第一个叫了起来："那是老校长，我绝对不会看错的，是老校长！"

"但是校长旁边的那个你看是谁？"托雷指着校长旁边的老人，他走路慢慢吞吞的，一条腿有一点儿跛，拄着拐杖艰难前行。

"是老奥勒！"他们同时说出了这个名字。接着他们马上离开了窗口，以免被外面的人发现，因为那两个人已经快走到门前了。

厄于温正准备跑到楼上或者什么地方去，然而他看到了老校长那双和蔼的眼睛，正微笑地望着他。这时候他听见老校长对老奥勒说："我想他可能刚刚回来。"

奥勒则大声地回答："哦！哦！"

他们在门前的走道里，站了很久，可能是为了整理衣装，也可能是为了擦擦汗。母亲悄悄地走到了放面粉和乳酪的货架边，靠在了墙角。厄于温则是背靠着桌子，面对着大门，父亲就站在他旁边。随后传来了校长的敲门声。门并没有锁，于是他们大声招呼着："请进来吧，进来！"

先走进来的是校长，他向众人问好，然后摘下帽子，艰难地拄着拐杖坐在了桌子旁边，随后招呼奥勒也进来。老人的步伐更加蹒跚，他迈着细碎的脚步，和众人点头，然后也摘下帽子，擦了擦汗，之后又艰难地转身关上了门。这着实很费力，他的动作非常慢，房间里没有人说一句话，气氛十分尴尬。托雷走到桌前请他也坐下，而厄于温他们一家三口，则坐在了窗前的长凳上。

他们都意识到今天的谈话意义非凡，校长先开口说："今年秋天的天气真是好啊！"

托雷接话道："如果再过几个星期会更好。"

接着校长转向厄于温，问他："你在远方教区组织的秋收结束了吗？"

"还没有完全结束。"

"哦，刚才忘了介绍，这位是奥勒·诺丁斯坦恩·海德嘉德，或许你们之前已经见过面了吧？我介绍他来是因为他非常想得到你的帮助，如果没有什么其他的事情让你为难的话。"

厄于温欠身向他行了个礼，回答说："教区内的农场如果在经营上遇到困难，确实需要我帮忙，我都会尽力的。"

"这件事情说来话长，因为农场现在的经营状况并不大好，他认为现在最缺的就是安排适当的耕种和合理的监管。"

厄于温回答说："我很少有时间能够待在家里。"

校长看向奥勒，希望他表态，而老人觉得现在好像身在热锅上，他清了好几次嗓子，觉得自己快被烤焦了，然后匆匆忙忙地说："情况是这样的，嗯，我的意思是，你如果可以不用到远地方的话，也许可以，或许应该，能够和我们待在一起。"

"十分感谢您对我的邀请，但是这么多年来我一直没有离开过家，也没有想过要换个地方住。"

校长想要化解一下这紧张的气氛，于是笑着说："看呀，我们的老人好像有一点儿思维混乱，他可能想起了之前曾经到这里的经历，现在这些回忆都把他弄得语无伦次了。"

奥勒接着说："是啊，我们都疯了，我和我的小姑娘进行了一场较量，我们斗得谁都不好过。但是春天的阳光能够让冰雪融化，河水的冲刷能让石头磨去棱角，天上的巨雷也不会吓死人。让以前的一切都过去吧。"

大家都被他这番话逗乐了，他实在是语无伦次，说的话颠三倒四。校长接着说："老人的意思是，希望你能够忘记过去发生的不快，你不会记得的对吗？托雷。"老人此刻战战兢兢，他十分惊慌地看着他们，不确定自己是否还要接着说话。

托雷笑着说："玫瑰身上也长了许多尖刺，但是它没有伤害人，因此我的心里没有留下任何伤痕。"

得到了这样的答复，老人才长舒了一口气，认真地说："原谅我当初的莽撞，那时我还不了解这个孩子的志向，现在我看到他耕种的田地里庄稼茁壮成长，秋天的丰收满载了春天的希望，他的双手是农业的金手指，我当初不应该放弃他。"

听了这话，厄于温转头看向他的父亲，他的父亲又看向他的母亲，接着，母亲又看向校长，最后他们三个人都一起盯着校长。

"奥勒在嘉德高地上有一个大农场。"校长说。

"嗯，是个大农场，但是现在经营得一团糟，我这把老骨头已经什么都干不了了，你们刚才也看见了，我的脑子已经糊里糊涂，腿脚也不灵便，但是如果换个人去掌管农场，一切都会好起来的。会好起来的。"老人说这话的时候攥紧了帽子，这才是他真正想要的，他不能再看着农场破败下去。

"那可是我们教区最大的农场，真是不幸啊，鞋子太大，没法再穿在脚上，终究会掉下来，我认为最好是有一个好鞋匠，能够把它治理得井井有条，"校长笑着看向厄于温，"所以你愿意帮助我们拯救教区最大的农场吗？"

"您的意思是让我去做农场的监管者吗？"厄于温简直不敢相信自己的耳朵。

"没错，我认为你应该接管农场。"校长笑着说。

"我应该接管农场？"

"是的，因为只有这样你才能够大显身手，把它经营好。"

"可是——"

"难道你不愿意吗？"

"不不不，当然不是，我十分乐意效劳。"

"既然如此，那就这么定了。"校长愉快地拍了一下大腿。

"可是——"厄于温欲言又止，他皱着眉头，双手抓着自己的裤子，紧紧地盯着校长。

奥勒也一脸茫然地看向校长。

校长笑了起来，说："我猜他是想问关于玛吉特的事情。"

奥勒恍然大悟："当然，玛吉特，玛吉特也在这个范围之内。"

然后托雷笑了起来，接着，其他几个人也都笑了起来，厄于温在裤子上擦了擦掌心的汗水，站起身来，开始在屋里走来走去，他低声重复着奥勒的话："玛吉特也在这个范围之内……玛吉特也在这个范围之内……"

母亲这时已经再也抑制不住，她望着儿子，拉起裙角，轻轻地擦着眼角的泪。

老人不知道这是什么意思，他仍旧小心翼翼地问厄于温："你觉得……嘉德农场怎么样？"

"那是神奇的土地。"

"神奇的土地，你也这么认为，对吗？"

"上帝的恩赐！"

"没错！上帝的恩赐！所以你愿意为它做点儿什么？"

"它会成为教区内最好的农场。"

"太好了，成为教区内最好的农场。这是你的承诺吗？是这个意思吗？"

"当然，我现在就可以拍着胸脯保证。"

"哦，我之前是不是也这么说过？它曾经就是教区内最好的农场！"

他们两个开始快速地交谈着。你一言我一语，速度非常快。

"但是，钱，你知道的，我没有钱。"

"没关系！我们可以白手起家。一切都会好的，会找回它昔日的辉煌。"

"当然！我们当然会找回它昔日的辉煌，但是如果我们有钱，一切就会进行得很快，对吗？"

"会快很多吗？"

"是的，会快很多倍，所以我们必须要有钱。"

这时母亲向托雷悄悄眨了眨眼睛，然后笑了起来。托雷也快速地给了她回应，现在他只是坐在那里，两手敲打着膝盖，前后晃动着身体，校长也会心一笑，朝托雷使了个眼色。

托雷先干咳了一声，正要说话，但是厄于温和老人正在热烈地交谈着，他们旁若无人，根本听不到其他的声音，他们一直在讲着笑着，这时候校长不得不打断他们："请你们稍微安静一下，托雷有话要说。"

于是所有人都停下来，看着托雷，这时他终于可以开口讲话了，于是他慢慢地，一字一顿地说："大家都知道，我们家有一座磨坊，而最近，我们家有两座磨坊了，这段时间以来我们的磨坊经营得不错，赚了不少钱。但是我们只有在厄于温不在家的时候，才会稍微花一点儿钱，这些账目平时都是校长在帮我们打理。他常说这些钱要用在刀刃上，现在我认为，最好让厄于温拿这些钱去经营农场。"

托雷的表情非常严肃；母亲则在一旁捂住嘴巴，流下激动的泪水，她看着托雷，又看一下厄于温；而坐在一旁的老人，这时候已经惊得目瞪口呆，他没有想到勤杂工能够有积蓄。时间好像在这一刻凝固了，几秒钟之后，厄于温高兴地跳了起来，他大叫着："天哪，幸运之神已经眷顾我了！"他无法掩饰内心的激动，他高声欢叫着跳到父亲的旁边，拥抱父亲。之后又跳到母亲旁边，拥抱母亲。

而老人此刻仍然处在惊讶之中，他低声问校长："他们有多少钱呢？"

"当然不会很少。"

"有几百元？"

"更多，毫无疑问。"校长的眼睛发出了许久未见的光芒。

"更多！天哪！厄于温，你听见了吗？这是上帝的恩典，我们的农场有救了！"他站起身来哈哈大笑，一下子好像年轻了十岁。

厄于温则更激动地说："现在我必须要跟你一起去见玛吉特，我回来时的马车还在外面，我们可以直接坐车去，这样就会节省很多时间。"

"没错没错！要把这一切都告诉玛吉特，赶快赶快！你现在想迅速地解决所有的事情吗？在这么匆忙的情况下？"

"是的，要迅速解决一切。"

"哈哈！迅速解决，我年轻的时候也是这个样子！"

"好了，现在请您拿好您的帽子和其他的东西，我们现在就走，我载着您回去。"

"你要载着我回去！哈哈哈，来吧，其他的人也一起来，我们今天晚上一定要坐在一起，直到炭火熄灭，一起来吧，走吧！"

他们欢笑着，其他人也答应，晚一点儿会过去，让厄于温先走，于是厄于温帮助老人上了马车，他们很快地朝海德嘉德狂奔而去。当他们驾车驶进农场，就连那条大狗也觉得非常奇怪，直到厄于温帮助老人下了车，所有的劳工和仆人，都惊讶万分地看着他们。大狗狂吠不止，玛吉特从远处跑了过来，想要喝止住它，然而随即她就被眼前的一切惊呆了。她好像被施了魔法，突然间停下脚步，身体定格在了那一瞬间，然后她的脸颊迅速涨得绯红，火速地转身跑进了屋，这时候，老奥勒马上大声叫住了她，说："别毛毛糙糙的！姑娘，快回去好好收拾一下自己，站在这儿的，可是将来要接管农场的人。"

"天哪，这是真的吗？我不是在做梦吧？"玛吉特尖叫了起来，她的声音回荡在房子周围。

"当然！亲爱的，这一切都是真的。"厄于温对她说。

玛吉特已经开心得就要飞起来了，她踮着脚尖欢快地转了一个圈儿，把手里的东西朝两旁一扔，就跑出去了，厄于温也跟在她的身后。

随后校长、托雷和他的妻子也一起赶来了，老人让仆人们给桌子铺上了崭新的白布，摆上了蜡烛，啤酒和肉都端上来了，老人已经很多年没有这么开心过，他忙里忙外，走路时脚抬得比平时还要高，胸脯也挺得高高的，他说话时头比以前还要向后仰，他的眼神又焕发出光彩，目光锐利，但是不再让人感到不适，他现在是一个快乐有活力的老人了。

在我们的故事结束之前，我必须在这里交代一下，一个半月之后，我们故事的主角厄于温，就和玛吉特在教区的教堂门前相聚。他们携手走进教堂，但是因为当天唱诗队的助理指挥生病了，所以整个婚礼由老校长亲自领唱，虽然老校长的年纪大了，他的声音颤巍巍的，但是对于一对新人来说，这是最美妙的歌声，也是最大的安慰。

婚礼上，他们都流下了幸福而激动的泪水，这泪水就像多年前厄于温第一次在舞会上流下的泪水一样，但是那时的泪水，却是现在这场婚礼的先导，这条路走得很不容易，多年来岁月中的艰苦和幸福，都写满了厄于温的努力与虔诚。

亲爱的朋友们，《快乐男孩》的故事现在也就到了尾声了。

阿　恩

第一章　旅行者染绿了悬崖

　　深谷穿崖而过，光秃而高耸的岩壁间是湍急的流水，峡谷崎岖陡峭，谷底生长着茂盛的树木，森林郁郁葱葱。春秋之际，树叶上都会浮上一层白蒙蒙的薄雾，那是来自溪流的问候。

　　树木们手拉手，肩并肩，一起向上生长。有一天，刺柏向身边的栎树表达了可以为悬崖穿上外衣的愿望，栎树没有发觉是刺柏在说话，他左右瞧了瞧，没有搭话。峡谷的溪流日夜不停地奔涌着，好像一条延绵到远方的白色丝绸。冬天的时候，穿过深谷的北风在岩壁的裂缝处嘶吼着，光秃秃的悬崖在风中瑟瑟发抖却依旧挺立。刺柏又说话了，他对着站在自己旁边的另一棵杉树说："让我们成为这光秃秃的悬崖的外衣吧！"杉树说："我觉得咱们可以做到。"然后，他看了看身边的桦树，问道："您觉得怎么样？"桦树开心地说："这是一个非常好的提议，咱们一起来完成吧。"正说着，桦树望了望远处，整个悬崖威严地挺立在那里，而在悬崖的映衬下，她感觉自己非常渺小。即使是这样，他们仍然愿意为悬崖做点儿什么——比如一件外衣。带着这样的愿望，他们决定离开自己的地盘去寻找更多愿为此事做些什么的伙伴。

欧石楠是他们遇见的第一棵树，虽然刺柏并没有在意他，但是杉树主张带上他，所以欧石楠也和他们一起上路了。

他们遇到了一个陡坡，欧石楠提醒刺柏小心，"注意！"他说，"千万要抓牢。"刺柏一手抓牢岩缝间凸出的石块，而欧石楠则轻松得多，他只需要一根手指就足以保证自己的安全。他俩在悬崖上匍匐前进，努力攀登，而他们的伙伴——杉树和桦树的速度则要慢很多。

他们的行动惊动了悬崖，他不明白这些努力向上爬的树木要做什么，于是开始认真思考起来。他派出了小溪，希望他可以来调查这件事情，可是小溪只有在春天才能借助洪水的力量前进，所以他趁着春天去追赶还在赶路的树木们。

小溪一路奔涌而过，然后遇见了挡在路上的欧石楠——"劳驾，朋友，能让我过去吗？"小溪冲着在忙些什么事情的欧石楠说道。欧石楠没有停下手头的工作，只是略微抬了抬下巴，然后给小溪让了一条小道。后来，小溪又遇见了刺柏、杉树和桦树，他们也没有注意到这个不断流动的家伙，都在小溪的借道声中侧了侧身子，为他让出了可以通过的道路。小溪友好地谢过他们。经过树木们的小溪突然大笑起来，流水将他们冲得分不清方向，于是他们只好乖乖地待在原地，因为小溪的力量让他们无法赶路。

悬崖就这样阻止了树木们为他穿上外衣的计划，他有点儿担心自己的方式是否友好。他的拒绝伤了欧石楠的心，不过，这也并没有让欧石楠一蹶不振，他为自己加油打气，又继续踏上征途。刺柏和欧石楠一样，没有因为悬崖的冷漠拒绝而停止自己前进的脚步，相反，他却花了更大的力气来完成自己的旅程。杉树也是如此，他前后张望了一下，仿佛不曾受伤一般又迈着坚定的步伐前进了。桦树抖了抖他已经湿透的身子，并没有气馁，跟着他的朋友们开始了新的旅程。

悬崖还是不明白树木们的良苦用心，几百年来不断地琢磨着那几个小家伙的意图。又过了很久，那是一个美丽的夏天，森林里充满了阳光的味道，小动物们也在这生机勃勃的景象中快乐地唱起歌来。欧石楠感觉他们已经走到了悬崖的尽头，他望着眼前的景象，大喊道："我的朋友们！快来看呀！那是什么？"他边说边来到悬崖的边缘。刺柏紧随其后，也发出了惊叹——"快来看呀！我的朋友们！"杉树还不知道两位伙伴发现了什么，他好奇地问道："今天刺柏怎么了？"不过紧接着他就明白了前面的惊呼声源自哪里，他也大叫起来："啊！快来看看啊，我的朋友！"他的声音因惊讶而变得颤抖，整个身体也开始变形。桦树轻盈地向前走去，她也十分惊讶，说道："啊！原来朋友们都到下面去了，下面是一整片广袤的平原！"说罢，她甩了甩身上的水珠，开心地追随着朋友们的脚步，也一起滚到了平原上。

刺柏感叹道："这是一件多么令人惊喜的事情啊！终于要到啦！"

第二章　破晓之前的黑暗

　　这片平原是阿恩的故乡。

　　女孩玛吉特生活在坎本农场里，她是那里唯一的小孩子。在她十八岁的时候，因为在一次舞会后没有赶上和朋友一起回去，她待到了舞会结束。这个经历让她注意到了一个年轻人——一个既是小提琴手又是裁缝的男人尼尔斯。当晚，那个年轻人除了拉小提琴伴奏之外，还和最漂亮的姑娘共舞，最后还踢掉了在场的最高的人的帽子。

　　最后，玛吉特是自己走回家的，她兴奋地走在月光铺就的小路上，月光下的白雪晶莹剔透，洁白无瑕。看到眼前的月光和白雪，她高兴得手舞足蹈，连走进家门之后也不忘从窗子里继续望着这迷人的景色。她换下衣服，室内的寒冷让她不得不迅速钻进被窝，好让那些皮毛隔绝掉外面的冷气。

　　这一夜，她做了一个梦。在梦里，她正在拼命驱赶一头误入玉米地的大红牛，但是她又仿佛被施了定身术一般，无论怎么样都不能向前迈出一步，任凭她站在那里干着急。牛儿似乎看穿了她的处境，只是安静地站在那儿，漫不经心地嚼着食物，偶尔和她四目相对，也尽是温柔的表情。

不久，舞会又一次在玛吉特的家乡举行了，毫无例外，她参加了这次盛大的狂欢。但是，整场舞会里，她只是坐在一旁欣赏着音乐，丝毫不关心跳舞的人们，她拒绝了几个向她邀约的小伙子，眼中尽是上次的那个年轻人。

夜深了，小提琴手尼尔斯把琴交给别人，准备进入舞池，他径直走向玛吉特，一把握住了她的手，不由分说地把她带入舞池。玛吉特的大脑一片空白，她因激动而失去了意识，任由尼尔斯领着她在舞池中游走。

寒冬已过，天气转暖，舞会渐渐不再举行了。春天的时候，玛吉特非常在意的一只小羊羔病了，她十分担心，以致变得有些神经质。妈妈对她的行为表示不解："你为什么如此在意这只小羊羔？"玛吉特说："因为它病得很重。"

一个夏日的周末，妈妈没有像往常一样纵容玛吉特不去教堂，她并不接受玛吉特不去做礼拜的理由——"即使没人在家也不会影响什么的，孩子，你还是和我一起去教堂吧。"玛吉特再没有办法推脱不去，只得换了衣服和妈妈出门。

一路上，玛吉特都很安静，只是在距离教堂还有一段路的时候，小姑娘突然忍不住开始大哭起来，这可吓坏了她的妈妈，但是母女俩并没有停下脚步。她们走进教堂，完成了所有仪式，甚至还唱完了所有的赞美诗。她们一直待到所有人都走光才从教堂里出来，母亲一直忧心忡忡。到家之后，她再也忍不住了，于是轻轻地抱住了自己的孩子，语重心长地问她："亲爱的玛吉特，到底发生了什么？请告诉我吧，妈妈会保护你的。"

转眼又是一个冬天，一场场舞会如期举行，但是玛吉特并没有出现在舞会上，甚至一次也没有。小提琴家尼尔斯却像之前一样，在舞会上为大家伴奏。他好像也有了一些变化，他拉琴的时间比以往长了很多，也开始在舞会上大口喝酒，但是他依旧和场上最漂亮的姑娘跳舞。所有人都认为尼尔斯可以和教区里最漂亮的姑娘结婚，甚至有传言说他要和教区里很有声望的伊莱·伯恩的女儿波吉特结婚，而波吉特早就被尼尔斯迷得神魂颠倒，她的父亲也主动找过尼尔斯，希望他成为自己的女婿。

　　然而与此同时，在坎本农场里，一个婴儿呱呱坠地并接受了洗礼，他便是阿恩。他没有父亲，准确来说是他也不知道自己的父亲是谁，但是有传闻说他的父亲便是那个英俊的小提琴家尼尔斯。

　　也就是在那天晚上，小提琴家尼尔斯出现在一个盛大的婚礼现场，他作为宾客没有参与演奏。他在饭桌上喝了很多酒之后便去跳舞。他忘我地跳着，仿佛周围的一切都不存在似的。当他邀请波吉特·伯恩跳舞的时候，女孩把头扭到一边，无情地拒绝了他的邀约。于是他顺势转向身边的姑娘，微笑着伸出了自己的手——"卡丽，和我跳舞吧！"那个姑娘身材瘦小，肤色黝黑，她本来安静地坐在旁边，尼尔斯的邀请吓了她一跳。她面色苍白，半天没有回过神来，但脚下却连连后退。过了好久，她才嗫嚅着拒绝了尼尔斯。被女孩子们两次拒绝的尼尔斯退回到舞池中央，开始跳起了单人独舞。他成功地吸引了所有人的目光。但是之后，他却头也不回地走进谷仓，没人知道那时大滴大滴的眼泪正从他的眼眶里流出来。

　　玛吉特和阿恩生活在坎本农场里，外面的风言风语让玛吉特忍不住流泪，她知道尼尔斯正在一个又一个舞会上大放异彩，可是她无能为力，只有儿子能让她稍微高兴一些。阿恩第一个会说的词语是"爸爸"，但是她不敢让阿恩当着外婆的面说这个词，所以每当阿恩喊出这个词的时候，玛吉特总是费尽心思转移孩子的注意力，不让他继续说下去。后来阿恩还是知道了自己的爸爸是谁，当然也知道了自己的爸爸——尼尔斯的为人。家里不让男孩提尼尔斯的名字，女人们把全部心思都花在建设坎本农场上，她们希望可以通过自己的努力使这片土地成为属于她们自己的财产，因此外婆趁地主无力养护这个农场的时候，成为这片土地的主人。她虽然每年还需要偿还一部分贷款，但是仍旧坚强地在这片土地上耕耘。十几年的守寡生活让她学会了坚强，并且可以像男人一样劳作。当然，坎本农场也在她的努力中不断扩张。农场上的牲畜已经很多了，但是它们的数量还在源源不断地增长。

这个时候，在教区里，尼尔斯仍像以前一样，白天做一个裁缝，晚上去更多的聚会上演奏小提琴。但是他的生活明显要比之前清闲了许多——他丧失了斗志，不再专注事业；人们也渐渐不再关注他。但是他依旧会在各种聚会上喝很多酒，酒后他也渐渐开始寻衅滋事，打架斗殴可以说是构成了他生活的一部分。他过得很糟糕。

又到了一个冬季，阿恩的外婆在屋子里织布，她有些心不在焉，她的脑海里似乎被其他什么事情完全占据着，于是男孩在床上一边假装划船，一边唱起了一首似乎是关于自己父亲的童谣。哦，对了，那首歌是他的母亲教会他的，歌词是这样的：

裁缝尼尔斯的大名尽人皆知，旅行者可能例外。

他打败强壮的约翰·克努森·克尔斯特的事迹尽人皆知，新来的可能例外。

他在那场战斗中对欧拉·斯托尔·约翰说："吃饱了才有力气

打架，你可不太行。"

那场战斗的对手还有一个狠角色，附近的人们都听说过他的大名——布格就是他。

"小裁缝你随便挑，在哪里我都能让你和地面狠狠摩擦。我要将你的尊严踩在脚下。"

"谁都不是吓大的，你的大话还是留给自己吧。"

第一场，双方胶着，没有什么大动作。

第二场，挑衅的布格被揍得没脾气。

"小东西，你还好吗？还想尝尝我拳头的滋味吗？"

第三场，可怜的布格被撂倒了，汩汩的鲜血从他身体中流出来。

"你的牛皮破了，我的朋友。"

"你别得意！"

阿恩就这样唱完了妈妈教过他的部分——还有最后两段是他所不知道的，但是他的外婆无比清楚。"这没什么意义，玛吉特。"外婆对男孩的妈妈说。

而男孩的父亲却一天天消沉下去，整日买醉。

有一天，教区里又有一场婚礼需要尼尔斯去伴奏。刚巧有两个外国旅行者也在婚礼现场，他们在听完尼尔斯的演奏后，慷慨地给了他两美元作为小费。两个外国人想进一步了解这里的风俗，于是希望可以看到富有当地特色的舞蹈表演，但是，令人尴尬的是没有人愿意上前表演。突然有人想到了尼尔斯，他可是跳舞的一把好手。然而，面对大家的热切期盼，尼尔斯无动于衷。于是越来越多的人来央求他上场表演——这正是这个虚荣的小伙子所希望的，他渴望成为众人眼中的焦点，以至于当所有人都围着他时，他有些飘飘然。不过，他很快便交出了手中的小提琴，然后整理整理衣袖，昂着头走向了舞池中央，那神情仿佛一只骄傲的孔雀。周围的人都自动站成一个圈儿，把他放在了圆心处。这让尼尔斯很受用，毕竟从前的他也是如此耀眼。婚宴上的宾客把所有注意力都集中到了尼尔斯身上，离得近的人都目不转睛地盯着尼尔斯，离得稍微远一些的人们甚至爬上了桌子，他们伸着脖子朝舞池中央望。一些女孩站在高处，踮着脚尖向内张望，他们的目光一直追随着尼尔斯的身影——哦！那个在女孩堆里最显眼的漂亮姑娘就是曾经拒绝过尼尔斯邀约的波吉特。尼尔斯在不经意间看到了她，他没有任何表情。

　　在一段寂静之后，舞蹈开始了！随着一个惊艳的亮相，尼尔斯开始了他的表演。他跟着音乐的节奏自如地摆动着身体，以一段复杂的舞步从舞池的一端跳到另一端。突然，他停了下来，只见他熟练地绷起脚尖，勾起小腿，随即又放下来，这样重复了几次之后，他又重新跳起了之前的舞蹈。伴奏声此起彼伏，明快的节奏，欢乐的曲调，嘈杂的人群，这一切的一切都将尼尔斯的表演推向高潮——只见他一个劈叉就将脚抬到了头顶，甚至碰到了礼堂中央的横梁，然后他又重复一下之前的准备动作，紧接着又做了几个高抬腿，之后便是一个前空翻。他做完了这几个高难度动作之后觉得还不过瘾，于是又表演了几个后空翻。这些让人群尖叫的动作他完成得非常完美，然而令人惊讶的事情发生了，他在人们的阵阵欢呼声中黯然退场。音乐声没有随即停止，而是在一段狂风暴雨般的演奏后以一个渐弱的降调音符结束。此刻的现场出现了一段短暂的空白，似乎一切声音在瞬间消失，舞池里静得都能听见一根针掉下去的声音。人群如潮水般急速散去，他们三三两两地走在一起，似乎在低声谈论着刚才的精彩表演，没有人注意到刚才的主角此刻正在墙边安静地站着，他的脸上依旧没有什么表情。

两名外国人在向导的陪同下来到尼尔斯面前，他们又给了他十美元，并且询问他是否愿意跟随他们去环游世界。尼尔斯问道："什么时候出发？""很快，你大概有一周的准备时间。"向导代替那两个外国人回答了尼尔斯的问题。尼尔斯想了想，便同意和他们一起出发。越来越多的人围上来，尼尔斯有些兴奋，他看到人群中的波吉特，便停止了自己搜索的目光，他怔怔地看着她，丝毫没有掩饰自己眼中的情绪。尼尔斯手中的美元早已被他揉得皱巴巴了，他因兴奋过度而不由自主地抽搐起来，人们不得不扶他去休息。

他拒绝去后面休息，相反，他要继续跳舞。他慢慢走过人群，想要在女孩子们中寻找那个穿着深色连衣裙的姑娘——波吉特·伯恩。他又向她发出了邀请，女孩子迅速地伸出手，欣然接受了他的邀约，然而尼尔斯马上放开了她，转而投向了另一个姑娘，他拉着那个姑娘滑向了舞池中央。这样的羞辱让波吉特难堪到了极点，她涨红了脸，不知所措地站在那里。最后是一位温文尔雅的绅士化解了她的尴尬，他微笑着牵起波吉特的手，带着她走进了舞池。舞池里，他们在尼尔斯的身边翩翩起舞，这也惹怒了尼尔斯，他一个回身，将二人绊倒在地。一瞬间，人群里爆发出了阵阵笑声。很快，他们便站了起来，起身后的女孩哭着跑了出去，而她的同伴则朝着刚才一幕的始作俑者走去，"请等一下，先生。"绅士对尼尔斯说。但是尼尔斯仿佛没有听见一般，并没有理睬被捉弄的绅士。后来，绅士拉住了还在跳舞的尼尔斯，但是尼尔斯一把甩开了那个男人的手，他轻蔑地看了绅士一眼："请离我远一些，我们可不太熟。"说时迟那时快，只见绅士一记左勾拳便将尼尔斯打翻在地，尼尔斯的腰部被坚硬又锋利的壁炉边缘狠狠地硌了一下。"好了，现在我们便熟悉了。"做完这一切，绅士补充道。

尼尔斯的脊椎断了，他再也不能跳舞了。

随着时间的推移，在坎本这片土地上，变化正在悄然上演。时间的车轮逐渐碾碎了外婆的身体，无情的病魔不断吞噬着这位奋斗了一生的老妇人。而她正抓紧一切机会与时间赛跑——努力挣更多的钱来偿还之前买地欠下的不菲的外债，她希望给玛吉特和阿恩更好的生活。同时，她也嘱咐玛吉特要照顾好这片土地，毕竟这是她一生的心血。

她终于在这个秋天完成了自己的心愿，带着最后一笔欠款去同之前的地主见面。"终于结束了，这片土地彻底属于我们了。"老人家激动地感慨道。然而，令人心碎的是疾病缠身的老妇人早已被死神紧紧地扼住了咽喉，疾病让她动弹不得。最终，她还是静悄悄地走了。玛吉特在教堂墓地为她立了一块墓碑，碑文记载着她的名字和年龄，还有一节短小的赞美诗。

过了一段时间，玛吉特用自己的礼服为阿恩改了一身衣服。阿恩非常喜欢这身黑色的套装，因为它让他看起来和外婆一样威严，这非常符合他的心意。后来，他正是穿着这身衣服见到之前传说中的他的父亲。

那天，他正拿着外婆的眼镜仔细地研究着其中的奥妙，他翻来覆去地观察着它，然后小心翼翼地把它戴在自己的鼻梁上，之后又打开那本外婆每周末都要翻阅的《圣经》——书中做满了标记，他透过眼镜片去看书上的字，但是眼前白茫茫一片，他什么都看不清。他自言自语地说道："这是为什么呢？外婆怎么能用这个东西来看到上帝的指示呢？"他又把眼镜摘下来，举到眼前，继续着他的研究。"哐当！"门口发出一声巨响，男孩手中的眼镜不小心掉了下来，吓了他一跳。他心中很是忐忑，害怕会因此而受到惩罚。

嘎吱一声，有人开门走了进来，这可吓坏了他。他定睛一看，好在是母亲，不过母亲身后还跟着一副担架，抬着担架进来的人把担架放在房子的中央后便匆匆离去。母亲没有说话，但她还挂着泪痕的脸庞和紧锁的眉头都让男孩感到害怕。阿恩朝担架上看去，发现那里躺着一个年轻的男人。那个人乌黑的头发泛着油光，灰蒙蒙的脸上毫无生气。男孩的母亲和留下的人一起把这个男人抬到了床上，然后她又开始默默地哭起来。除了男孩之外，谁都没有注意，刚才那一系列的举动碾碎了掉在地上的外婆的眼镜，但是男孩没有说话。

第三章　阔别重逢的旧情人

　　这个秋天异常漫长，尼尔斯正经受着病痛的折磨。在他来到坎本农场一周以后，之前邀请他一起环球旅行的外国人回到了教区，他们托人告诉尼尔斯，请他做好准备，马上和他们一起动身。"见鬼去吧！"尼尔斯听来人说完之后怒吼道。玛吉特仿佛没有听到他的喊叫，呆呆地站在他身边。尼尔斯顿了顿，又以一种无可奈何的语气说道："算了，让他们不用等我了。"

　　冬天如约而至，尼尔斯的身体比之前稍微好了一些，他可以短时间地站立了。他在能够站立的第一天，就开始拉起了自己心爱的小提琴——他已经很久都没有碰过它了。他的指尖流淌的音符让他浑身充满了力量，于是整个人开始激动起来，当然这样的行为也加重了他的病情，于是他又开始卧床休养。

　　在坎本的这些日子里，尼尔斯变得温柔又安静，他会带着阿恩看书，也会帮助玛吉特做一些力所能及的事情。但是有两件事，他是绝对不会做的，那便是出门，以及和周围的人闲聊。玛吉特怕他闷得慌，会给他讲一些教区里发生的事情，但是这样的谈话往往会让他的心情变得很糟糕，久而久之，玛吉特也就对那些新鲜事闭口不谈了。

又是一个万物复苏的季节。老情人相处的时间渐渐多起来，他们进行了一场又一场的心灵沟通，最后，终于在春天的尾巴上结成了夫妻——他们没有惊动任何人。尼尔斯开始和玛吉特共同经营坎本农场，他十分卖力，玛吉特常常当着儿子的面夸他稳重能干，也常常教育儿子要向爸爸学习，好好听爸爸的话。玛吉特也有自己的秘密，她总觉得自己长得并不好看，而且也没有足够的力气去干重活儿。但是这并不影响她的心情，她依旧勤勤恳恳地打理着自己的农场。

周末的午后，尼尔斯和阿恩出现在了自家的农田里，他们是来这里察看庄稼的长势的。男孩很高兴，一路上不停地笑着叫着，手中摆弄着爸爸给他做的弩箭玩具。他们走着走着，来到了通向教堂的必经之路。尼尔斯在路边坐了下来，心不在焉地摆弄着手中的枯草，好像在思索着什么。男孩没有发现父亲的异常举动，依旧欢快地跑着。远处飘来了一阵欢快的音乐声，那是从教堂那个方向传过来的，父子俩不约而同地竖起耳朵。那似乎是小提琴发出的声音，同时又掺杂着一些吵闹声。紧接着嗒嗒的马蹄声和嘎吱的车轮声说明了一切，那是婚礼仪式结束后即将返程的人们。后来，这些声音渐渐大了起来，父子俩迅速躲到了树丛后面。嘈杂的人群逐渐接近他们的藏身之处，随后，一队疾驰的马车映入他们眼帘。马车大概有十几辆，父子俩很快数清了它们具体的数量。车队里传出的音乐声丝毫没有停止，那是坐在头辆马车前排的两个小伙子在演奏，热烈欢快的音符感染着那些沉浸在幸福中微醺的人，连车队周围的空气也变得甜腻起来。紧随其后的便是盛装打扮的新人们，新郎温文尔雅，成熟稳重，笔挺的西装让他看上去更加英俊；新娘身材高挑，线条柔美，整个人在礼服和首饰的衬托下越发明艳动人。接下来的马车上坐的是参加婚礼的宾客们，男人女人们都乱哄哄地坐在一起，大家大声地唱着歌。最后一辆马车上是这场宴会的主人，他抱着酒桶在座椅上高兴地摇晃着身体。

马车队疾驰而过，往小山那边去了，尼尔斯和儿子目送着他们离开。随着车队的喧哗声逐渐远去，父子俩也从树丛后面走了出来。阿恩并不知道父亲的身上开始出现了细微的变化，他依旧沉浸在之前的热闹里，并且充满好奇地问尼尔斯："刚才过去的是什么？"尼尔斯没有说话，嫌弃地看了儿子一眼。阿恩见父亲没有理他，又追问道："爸爸，走吗？"尼尔斯仍旧没有动静，他站在那里，面朝着马车消失的方向，像一尊雕像般一动不动。过了一会儿，他转了转眼珠，努力拉回自己的思绪，踏上了回家的路。男孩见父亲向家里走去，便也没再说什么，跟着父亲一同朝家里走去。在回去的路上，顽皮的阿恩依旧拿着弩箭玩具射箭玩，他把箭射进了草丛里，然后跑过去捡它。尼尔斯突然很生气，他板起脸，严厉地对阿恩说："别进草丛！"于是，阿恩连连退步，甚至没有去把那支箭捡回来。对于父母的话，孩子们总会习惯性地忘记，阿恩也不例外，在他们父子俩走了一段时间之后，他又开始跑进草丛打滚。尼尔斯拎起阿恩，发了疯一样地冲他狂喊道："我已经告诉过你了，别进草丛！"男孩被吓傻了，一句话也不敢说，只能默默地跟在父亲后面。他本就没有血色的小脸现在越发苍白，他的嘴唇也在不停地哆嗦。

母亲玛吉特刚刚从牲口棚回来，她在家附近的小路上等候着自己的丈夫和儿子。她额上的汗珠、脏兮兮的衣服和乱蓬蓬的头发都显示出她刚刚干了很重的农活儿，但是她微笑的脸上却写满了欣喜与满足。见到丈夫和儿子之后，她兴奋地说："赤斑生了一头很大的小牛犊。"阿恩表现出了很大的兴趣，但是尼尔斯却撇撇嘴，不满地说："你脏兮兮的可真难看，还是收拾一下自己吧。"玛吉特没有听出丈夫口吻中的嫌弃，她回答道："刚刚干完活儿，我现在就要去换衣服呢。"然后她就唱着歌出去了。她一直这样唱着，连换衣服的时候也没有停嘴。虽然她的嗓音有些沙哑，但是这并不能掩盖她唱得还不错的事实。

尼尔斯被妻子的歌声弄得心烦意乱，"闭嘴吧，你唱得真难听。"玛吉特有些伤心，她默默地走开了。这时候，阿恩从外面跑进来，气喘吁吁地说："我看过小牛啦，它和赤斑一样，身上长了两个红色的记号，真神奇！"

尼尔斯已经受不了了，他粗鲁地把鞋扔向阿恩脚边，歇斯底里地喊道："快别说了，小兔崽子。你就是一个瘟神！"说完，他又把脚伸向阿恩，跐上了那只被他扔出去的鞋子。

玛吉特试图缓解父子俩之间紧张的气氛，她温柔地对自己的丈夫说："亲爱的，来点儿黑咖啡和蜜糖吧，它们会让你好起来的。"这种饮料在坎本广受欢迎，是除尼尔斯以外的一家人的最爱。然后她又对儿子教道："阿恩，爸爸今天有些不高兴，你要乖乖的。"父子俩都没有说话，于是玛吉特又对尼尔斯重复了一遍："喝点儿蜜糖黑咖啡会好一些的。"这时，尼尔斯支着下巴，不耐烦地咆哮道："我受够这种恶心的东西了！"玛吉特被丈夫喊蒙了，不敢再多说一句话。她带着阿恩悄悄地走出屋子，直到晚上才回来。

他们到家的时候，屋子里空无一人，尼尔斯不知道去哪里了。玛吉特让儿子去地里找他，但是男孩找了一圈也没有看到自己的父亲。母子俩只好坐在家里等尼尔斯回来，但是左等右等都不见人影。夜深了，玛吉特十分担心尼尔斯，她在男孩上床以后独自坐在那里等丈夫回家。

尼尔斯是在第二天凌晨回到家里的，他喝得醉醺醺的，不省人事。

妻子问他："亲爱的，你到哪里去了？"

尼尔斯拖着长音，不耐烦地回答道："不用你管！"

从那以后，去教区喝得烂醉再回家成了尼尔斯的家常便饭。他不在乎玛吉特和阿恩，甚至非常厌恶他们，他把自己的过错都推到了母子俩身上，觉得是他们的出现才让他走了霉运。

有一次，他对玛吉特说："我一点儿也不想和你们待在一起。"没等玛吉特开口，他就让她闭嘴。

他充满怨气地咒诉着："上帝为什么要这样惩罚我？你们两个不要再纠缠我了。"

玛吉特无奈地说："上帝保佑！不是你追的我吗？"

尼尔斯大声反驳她："明明是你先勾引我的。是你害得我只能在这儿苟且偷生，是你和那个野种让我不能和教区最漂亮的姑娘结婚。我明明可以环游世界的。"

"孩子没有错啊！你怎么能这样说话？"玛吉特辩解道。

尼尔斯崩溃地说："滚开！否则有你好看！"然后他狠狠地打了玛吉特一顿。

每当这样的闹剧结束后，他都会非常惭愧，还会给阿恩一些补偿，然而几天后他又会喝得不省人事，并且会继续殴打玛吉特。这样浑浑噩噩的日子，周而复始地折磨着这个家庭。也就是在这个时候，尼尔斯的注意力再次被舞会吸引，他又操起了旧行当，有时他还会让阿恩帮他提装小提琴的箱子。阿恩还不到可以接触舞会的年纪，玛吉特没少为此担忧，但是她除了叮嘱男孩不要学坏之外，什么都做不了。

舞会上的新奇事物很快让阿恩厌烦了和妈妈待在家里，他跟随爸爸出现在舞会上的次数越来越多，而他的母亲对此无能为力。舞会让阿恩学会了唱歌，他能唱很多歌曲，尼尔斯对此非常得意。父亲的称赞让阿恩努力地学习更多的歌曲，他甚至能针对爸爸的喜好改编歌词，只为博父亲一笑。这样的训练使他自那时起便学会了作词。

每当夜晚降临的时候，玛吉特总是强迫阿恩陪她去牲口棚喂牛，母亲这样的做法另有深意——她希望儿子能够学好，于是她会给他讲一些美好的东西。母亲也会在儿子的阅读课中和他一起学习，于是，阿恩的阅读水平也提高得很快。儿子让尼尔斯感到十分骄傲，可他却总说是因为遗传了他的好脑瓜儿，阿恩才会这样出色。

阿恩总是被酩酊大醉的父亲拽去给大家唱歌助兴，这让男孩自己也很高兴。但是歌曲唱多了，就不免出现问题了，那些歌曲中有很多都是低俗龌龊的，这让一些同为母亲的好心人非常担忧，她们把男孩的表现告诉了玛吉特。母亲严厉地教育了儿子，她甚至让儿子以上帝的名义发誓不再唱了。但是，母亲的行为让阿恩非常生气，于是他把妈妈的话告诉了爸爸，当然，这一生中，他也只做了一次这样的事。因为他的告密，母亲在家的日子更难过了。男孩无数次目睹了父亲酒后施暴的场面，这让他对于自己的行为非常后悔，他希望可以为母亲做些什么从而获得她的原谅。不过，没有母亲会记恨孩子，玛吉特一如既往地深爱着她的儿子，所以，这也让阿恩更难过了。可是，接下来，他还是做了一件让母亲更伤心的事情。有一次，为了取悦父亲，他竟然当着母亲的面模仿母亲说话。他有着极高的模仿天赋，善于模仿别人的言谈举止，而父亲也对他这种天赋赞赏不已。那时，他在屋里为父亲模仿一个人说话，母亲恰巧经过屋子，父亲看见了母亲，便小声对阿恩说："模仿一个妈妈。"开始男孩并不想这样做，因为他担心会伤害到母亲，但是在父亲的再三坚持下，他妥协了。他开始十分卖力地学起妈妈唱歌的样子——沙哑的嗓音，断断续续的抽泣，甚至脸上扭曲的表情他都学得十分相像。父亲看到儿子这副样子，不免大笑起来。可是，令男孩难堪的事情发生了，母亲默默地走进了房间，她一直注视着儿子的脸庞，红肿的双眼流露出悲伤，然后她又出去了。

母亲的注视让男孩的脸上开始发烧，他尴尬极了，恨不得自己马上从这里消失。过了一会儿，他从屋子里跑了出来，路过牛棚的时候他停了下来——妈妈正在那里默默地缝着什么，不过她不再像以前一样哼着歌儿做活儿，牛棚里的空气安静得可怕。母亲手中是一件漂亮的衬衫，她灵巧的双手在布料间上下翻飞，针尖划过的地方全都是细密的针脚。看到这一切，阿恩更难过了，他挨着母亲躺了下来，眼中流出了悔恨的泪水。

"我可怜的孩子，"玛吉特怜爱地说，"妈妈爱你。"说完，她把手中的衬衫轻轻地放在地上，然后抱住了阿恩。她把儿子的头放在自己的腿上，温柔地抚摸着儿子的头发。

阿恩哽咽着，用颤抖的声音说道："请原谅我，妈妈。"

玛吉特心疼地回答道："你是个好孩子。"

阿恩又说："妈妈，请您一定答应我这个请求。"

玛吉特柔声说："当然可以啦！"

阿恩顿了一下，鼓起勇气说道："请您为我唱一首歌吧，要不然，我真的没脸再见到您了。"

玛吉特没有搭话，眼睛望向了远方。

"请您一定要唱一首啊！妈妈！如果您不唱，我现在就离家出走，再不回来了。"阿恩痛苦地恳求道。

母亲开口了。她这样唱道：

恳求上帝，慈祥的上帝，

请一定照顾我的孩子，他在海滩上玩耍；

恳求上帝，慈祥的上帝，

派您的圣徒来照顾他吧，请别将他抛弃；

恳求上帝，慈祥的上帝，

请一定陪在他身边，海浪汹涌无情；

恳求上帝，慈祥的上帝，

他将终身侍奉您，请护佑他平安吧。

可怜的母亲，为孩子担心，

站在屋檐下，每天呼喊一百遍，

怕他害怕，怕他迷路，怕自己从此失去他。

可怜的母亲，为孩子担心，

但她相信上帝啊，每天祷告一百遍，

圣徒的指引，上帝的陪伴，

一切的一切都会将他送回母亲的怀抱。

　　她没有停下来，接着唱了几首。已经十五岁的阿恩，就是这样躺在妈妈怀里听完了所有的歌。他的情绪渐渐地平复了，此刻，他的内心无比安静平和。在这样温暖的歌声中，他缓缓地睡去了，蒙眬中他听到了母亲唱着"弥赛亚"，这将他带入了一个新世界。那里充满了舒缓温柔的歌声，似乎是母亲的声音和着唱诗班的声音。他高兴极了！他从来没有听到过这样神奇的音乐，他暗自希望自己也能用这种感觉去唱歌。可是，只一瞬间，他眼前和耳边的一切就消失得无影无踪。

　　阿恩猛地睁开了双眼，环视四周，妈妈已经离开了牛棚，他头下枕着的是她还没做完的衬衫和一件皮衣。他仔细回味着刚才梦中的一切，认真地听着周围的动静，似乎在寻找刚才声音的来源，但是他只听到了附近河流的淙淙声，除此以外，世界寂静如初。

第四章　无须悲伤的离别

阿恩已经十五岁了，但是他从未放过牛。

转眼又是去森林放牧的季节了，男孩央求父亲，希望他可以允许自己去森林里放牛。起初，他得到了父亲的拒绝，但是在他的努力下，父亲还是被说动了。于是，除了大雪封山的季节外，他的白天都是和牛一起在森林里度过的。他会在放牧的时候看书，偶尔在树皮上胡乱刻画着什么。有时候，他还会唱唱歌，但更多的时候他都在专注地思考。

到了晚上，他会回家睡觉。但是，他讨厌夜晚，因为每当回到家里的时候，迎接他的永远都是烂醉如泥的父亲在家里发疯，一边殴打着胆小懦弱的母亲，一边咒骂着母亲甚至整个教区，他总是唠叨着"所有人都对不起我，我差一点儿就能环游世界了"。虽然父亲的行为让他非常厌恶，但是父亲对于远方的执着却在他心底扎下了根。他从书中看到了远方的种种美好，思绪开始飘向远方。于是，他开始期待旅行，期待一场始于逃离的旅行，他想逃离这个已让他无以安慰的家。

那是夏季里的一天，他在森林里遇见了克里斯丁。那是一个无忧无虑的年轻人，他头脑聪明，身体强壮。他是船长的大儿子，要较阿恩年长一些。那天，克里斯丁准备从森林里抓几匹马回去，遇见阿恩的时候，他正带着侍从在森林里游荡。他们相见恨晚，两人打过招呼之后，便开始滔滔不绝地给对方分享自己的一切。克里斯丁语速很快，他兴奋地聊起了打猎和骑马的事情，顺便也透露出自己渴望冒险的念头——他讲了很多国外的事情，他说那里的一切都吸引着他。阿恩很羡慕，当然，这也更勾起了他对远方的渴望。阿恩则告诉他自己喜欢一个人在森林里看书，并且毫无保留地把自己的书都拿来和克里斯丁分享。他们约定每周末一起到森林碰面，克里斯丁会利用地图去教给阿恩一些有关国外的知识。

这个夏天过得快极了，阿恩一直徜徉在知识的海洋里，直到他变成一条干瘪的鱼。

他一直在家里看书，丝毫不关注其他的事情，不知不觉间，窗外的景色从夏日的郁郁葱葱变成了如今的白雪皑皑。他这样做的原因一方面是他准备正式成为基督教教徒，另一方面是他还算能和父亲好好地待在一起。

阿恩开始上学了，然而他并不喜欢学校，他既没有朋友，也不愿上课。相比于无聊的课堂，他更喜欢回味自己看过的书。

尼尔斯的身体状况开始恶化，他对酒精的依赖几乎到了疯狂的程度。他对妻儿的态度也越来越差。为了让父亲不再拿母亲撒气，阿恩努力讨好父亲，他会讲一些他本不愿提起的事情。慢慢地，这种折磨让阿恩对父亲心生怨恨。但是，他把这种情绪同他对母亲的爱一样，统统都埋进心里。

他从不对他的朋友克里斯丁说家里的事情，他们的话题大多是读书和旅行。不过，在他的内心深处，他还是更担心自己在家中的处境。他想逃离这个扭曲的环境的愿望也越来越强烈。

又到了一个夏天，阿恩和克里斯丁都在坚信礼仪式后正式成为了基督徒。克里斯丁终于说服了父亲，他将跟随一艘大船去远航。他把自己的书留给了阿恩，然后告诉阿恩自己会经常写信给他。

朋友走后，阿恩又回到了一个人的状态。这样的孤独时光让他重拾创作的欲望。这次，他不仅为原来的歌曲填词，他还将自己内心的苦闷与悲愤化为一首首动人的歌曲。可是这种痛苦的情绪渐渐地让他沉浸在无边的黑暗里。他开始失眠，整夜想着那些令人难过又无能为力的事情。后来，他连歌都写不下去了，出逃的愿望成了他的全部精神支柱，他想离开这里，然后将这里的种种封存在记忆深处。

他想去追随他的朋友，可是他又舍不得他的母亲。他为母亲担心，他担心自己走了以后母亲的生活会更加艰难。对母亲的爱和离开家乡的渴望在他的脑海中互相拉扯着，最终还是那份深爱占了上风，他暂时没有出走，只是对远方的渴望让他有些愧对母亲的目光。

那是一个令人难忘的傍晚。

那天晚上，阿恩的心情有些糟糕，他打算用书籍驱散自己心头的乌云，殊不知这样只会让他更加难受。尼尔斯去参加宴会了，此刻他还没有回家。玛吉特有些累了，同时，她也有些担心醉酒的丈夫回来之后会对她大打出手，所以她早早地躲上床去。

可是，该来的还是要来——砰的一声，尼尔斯撞开了门，因为用力过猛，他狠狠地摔在地上。阿恩应声走出房间，听见父亲含混不清地说："是阿恩吗？我的好孩子，快扶爸爸起来。"阿恩皱了皱眉头，还是把父亲扶到了座位上，然后出门把父亲的琴箱拿进来，顺带关上了门。

尼尔斯带着酒气，絮絮叨叨地说："儿子，儿——子，爸爸，爸爸一定要告诉你，你听我的，千万千万不要碰酒精——不要碰，一点儿也不要。在这个世界上，它可不是什么好东西，它就是恶魔，恶——魔，嗝！想当年，我尼尔斯多么风流潇洒，可是，呜呜呜，现在……"他有些说不下去了，但是顿了顿，他又带着哭腔大声地说："回不去了啊！啊！回不去了啊！不公平！凭什么那些乡巴佬能受到上帝的照顾，而到我这儿得到的却是这样。啊！我的上帝！我亲爱的上帝，请救赎我，请带您的孩子走出这片深渊吧！我虽然罪孽深重，但仍然是您最忠诚的信徒啊！"他颓丧地坐在长凳上，双肘支在大腿上，两只手无力地垂下来，他弯着腰，头低低地耷拉着，他的脸颊甚至可以贴到手背上。很快，他的哭泣声响彻整个房间。之后，就是长久的静默。

打破沉默的是他多年以前学过的《圣经》，他口中的经文是这样：

耶稣说："我奉差遣，不过是到以色列家迷失的羊那里去。"
那妇人来拜他，说："主啊，帮助我。"
他回答说："不好拿儿女的饼，丢给狗吃。"
妇人说："主啊，不错。但是狗也吃它主人桌子上掉下来的碎渣儿。"

然后，一阵低低的啜泣声之后，又是一阵寂静。
玛吉特并没有睡着，她一直默默地听着，直到听见尼尔斯低沉的抽泣声仿佛是在忏悔，她就用胳膊支住脑袋，侧着身子，认真地看着自己的丈夫。然而，这一举动惹恼了尼尔斯。"烂货！你在看我吗？你是想看我笑话吗？老子就是这样！你来看啊！"他生气地对妻子大喊道。玛吉特害怕地钻进被子里，顺势把头也蒙起来，整个人瑟瑟发抖。尼尔斯走向床边，一把拽下了被子，蛮横地说："别玩这种捉迷藏的把戏！"同时，他将右手扣在玛吉特的脖子上。

阿恩被这突如其来的一幕吓了一跳，他下意识地去喊父亲："爸爸！"

尼尔斯仿佛没有听见儿子的呼唤，他一手扼住妻子的脖颈，一手在她的身体上游走着："臭婆娘！你干瘪的身体真是恶心！"玛吉特奋力挣扎着，她试图用手掰开丈夫掐在自己脖子上的手，但是她失败了。

阿恩冲着父亲，又喊了一遍："爸爸！"

尼尔斯还是没有理会儿子，继续着自己的施暴，"真想掐死你啊！"尼尔斯恶狠狠地对玛吉特说。

阿恩见父亲还是无动于衷，便大喊着跑去拿斧头，"爸爸！"他提高了声音。

突然，尼尔斯松开了手，他开始大口大口地喘着粗气，眼睛瞪得溜圆，两只手按住了自己的心口，然后仰面倒了下去。没有人听见，在倒地之前他那一句轻轻的叹息。

男孩惊讶地站在原地，他吓傻了，不知道自己能做些什么。母亲惊魂未定，她在床上挣扎着，仿佛还有什么在禁锢着她一般。阿恩回过神来，然而还是一动不动地站在那里。玛吉特清醒了过来，她努力站起来，然后看到丈夫四脚朝天地躺在地上，一动不动，而阿恩则拿着一把斧子站在父亲旁边。

玛吉特一边穿裙子，一边大喊道："天哪！发生了什么事情？"

阿恩回答道："我没有碰他，是他自己倒下的。"

玛吉特不相信，"孩子，看在上帝的分上，请跟我说实话。"她对阿恩严厉地说。她随即扑在尼尔斯的身上，号啕大哭。

阿恩回过神来，跪在妈妈面前，他对母亲说："我对上帝发誓，我真的什么都没有做。虽然，我挺想那样做的，但是他真的是自己倒下的。我就站在这里，等我反应过来的时候，他已经躺在地上了。这是千真万确的，请相信我，妈妈。"

玛吉特检查了一下尼尔斯的遗体，她确信儿子没有骗她，于是回头对阿恩说："这一定是上帝的旨意。"说罢，她瘫坐下来，空洞的双眼直勾勾地盯着眼前的一切。

屋子里的炉火逐渐变得微弱，母亲让男孩拿起一块正在燃烧的木头，火光顿时充满了整个屋子。"咱们去看看他吧！"母亲走到躺在地上的丈夫旁边，儿子举着火把站在另一边，他有点儿害怕。

父亲就这样直挺挺地躺在地上，他张大了嘴巴，瞪着那双漂亮的大眼睛，双手蜷向了胸前。玛吉特伸出手把尼尔斯的双手拢在一起。"他已经不在人世了。"她小声说道，"可是，这个时间可能不太吉利。"阿恩注视着躺在地上的父亲，然后浑身开始剧烈地颤抖起来，他握着火把的那只手抖动得厉害，木头烧尽的炭灰纷纷落下来，沾到尼尔斯的衣服上——火苗噌噌地蹿起来，可是母子俩都没有发现。后来，衣料燃烧的气味让他们惊慌失措。母亲尖叫着去扑火，男孩则吓得扔掉了手中的木头，晕过去了。

迷糊间，阿恩感觉房间在迅速地旋转着，房间里的一切也在不停地移动。而父亲躺着的位置猛烈地燃烧起来，火光中有人站起来，带着火焰向他走过来——啊！是父亲！模糊中，他看到这一切的一切都在屋子里来回晃动。他拼命地大叫着，恐惧包住了他整个身体。忽然，一阵清风掠过，他哭着醒过来。阿恩急忙过去看父亲，男人还好好地躺在那里，而母亲已经把他身上的火都扑灭了。

阿恩长舒了一口气，他突然如释重负——这件已成为事实的事情帮他卸下了心中的担子。新生活在父亲去世的瞬间开启，这让男孩轻松了许多。

玛吉特收拾了一下，准备把尼尔斯摆到床上，她对儿子说："我们把他抬到床上，妈妈一个人搬不动。"母子俩把男人抬到床上，母亲伸手合上了他的眼睛，又帮他闭上了嘴巴，然后用力帮他捋直了腿。

母子俩做完这一切，就站在床边守着他，准备熬过这漫漫长夜。

阿恩重新烧好壁炉，他和母亲面对面坐在壁炉边。此刻，母亲正沉浸在回忆里不能自拔，那些和尼尔斯共度的惨淡时光此刻一幕幕涌上她的心头，那些压抑的日子曾压得她喘不过气来，如今，一切都好了——"可是曾经也有过美好呀！"她感慨道。然后，她看着儿子说："真是太突然了，没想到他会这样离开我们。尽管他这算自食其果，但这代价也太大了。"母亲开始默默地抽泣，她看了一眼躺在床上的丈夫，接着说道："阿恩，妈妈可都是为了你呀，你可千万不要离开我啊！你是我唯一的安慰了。"男孩也留下了泪水，他坚定地说："我向上帝发誓，我一定不会离开这个家的。"他仿佛用尽了全身力气来说这句话，这也是他深藏在心底的话。他试图抱住自己的母亲，却在伸出双手的瞬间迟疑了。

玛吉特很安静，她深情地看着尼尔斯，眼里的温柔似乎要将逝者融化。她轻轻地说："他也不是那么十恶不赦，可却受了这么多罪。上帝保佑，但愿他下辈子能好过一些。"然后，她从心底生出了一个念头——"阿恩，你唱歌这么好听，为爸爸再唱最后一首歌吧。让我们一起为他祷告。"

阿恩一手拿着火把，一手拿着赞美诗集，认真地唱起了赞美诗。那是金吾的第一百二十七首：

啊，亲爱的上帝啊！
请将您仁慈的目光投向我们这里吧。
请放下您手中的棘条，将愤怒倾泻于我。
我甘愿领受那些由叛逆者带来的惩罚。

第五章　向往之歌

转眼阿恩二十岁了。

他的生活照旧，夏日到森林里放牛，冬日窝在家里看书。他脑子很聪明，人也上进，最重要的是他读了很多书，知识非常丰富。有一天，教区里的牧师托人来请阿恩去做教区学校的校长，阿恩并没马上答复他。

第二天，阿恩像往常一样去森林里放牧。他创作出了这样一首歌曲：

啊！要做自己的主人，决定自己的方向，

我亲爱的小羊，

不要担惊受怕，哪怕要经过坎坷，哪怕要穿越荒凉。

啊！妈妈就要为你们织出新的皮毛，

你们将度过一个清爽的夏天，我亲爱的小羊，

不要冒失鲁莽，不要弄坏你的衣装。

啊！你们可能还不知道，

你们在春天才有美味，

我亲爱的小羊，

不要饿瘦了自己，请大口大口地吃吧。

之后的某一天，玛吉特在和坎本的上一任主人谈论农场里的马，那匹马归他们共同所有。玛吉特说："我想问问阿恩的意见。"前任主人不满地说："问那个总是偷懒的家伙干吗？他从不管那匹马的死活。"这时，一向伶牙俐齿的母亲突然默不作声了。

以上的对话被阿恩听了去，他羞愧极了。他从不知道母亲会因他而遭到别人这样无情的嘲讽。他甚至能够猜到母亲已经被这样的讥笑和嘲弄折磨很久了，但是他很疑惑为什么这一切他从来都不知道。他仔细思考了一遍，发觉现在自己和母亲之间的沟通少得可怜。他清楚是自己的问题——平常的时候，他不再会耐心陪妈妈坐一会儿，给她念念自己读过的书；周末的时候，他也不再愿意给已经半瞎的母亲读一段布道语。

然而阿恩安慰自己道："这也没什么的，我马上就不用去森林放牧了，所以一定会有时间去陪她的。"这样的想法让他说服了自己。

他趁着还能放牧，把自家的牛赶到森林深处，然后又创作了一首歌曲：

山谷里一片寂静平和，然而这里也有烦恼。

圣光笼罩这里，安宁属于这里，

没有令人恐惧的抓捕，没有令人害怕的争吵。

所有森林山谷都是如此，

像圣光笼罩下的教堂一样，令人感到和谐美好。

森林的确如此，如此和平美好。

这样和平美好——

肥鸟等着凶恶的老鹰，肥羊等着红眼的秃鹫。

因为过早地被吃掉了，所以弱小者不会被累死。

一棵大树被伐倒了，一棵大树生病了。

肥羊没有等到昨天的月亮，成了狐狸的腹中餐。

狐狸也没有看到今天的太阳，成了灰狼的盘中肉。

灰狼甚至没有喝到今早的露水，成了阿恩的箭下魂。

阿恩会回到山谷，会小心翼翼地逃离这片危机重重的森林。

我必须回去，因为脑海中的一切会让我发疯。

弑父者的惩罚是堕入地狱——我见那男孩结束了他父亲的生命。

　　脑中时常出现的幻觉让阿恩不得不回到家里，他希望母亲派其他人去放牛，而让他待在家里，打理坎本农场。妈妈虽然不清楚阿恩的用意，也还是照办了。不过，她觉得儿子太累了，所以在为他准备了精美的饭菜后，就一直劝他工作不要那么拼命。阿恩一边吃饭，一边闷声听着母亲的唠叨，他的心中充满了愧疚和不安。

　　阿恩有几首还未写完的歌，其中有一首他十分上心，那首歌的名字叫《高山之上》。然而，他心中巨大的担忧让他始终没办法写完它，所以它被搁置了很久，直到阿恩忘记了这件事。

　　阿恩的作品中还有一些人们耳熟能详的歌曲，所以教区里的人都认识他。有时候，人们会跟他聊上几句，而那些年长一些的人尤其喜欢和他说话。但是他十分害羞，在陌生人面前从不多言——他觉得那些人都不怀好意，因为他认为那些人也把他想得很坏。

　　在他家农田附近干活儿的中年人欧珀兰德兹·克努特有时候会

吼两嗓子，可他只会唱一首歌。阿恩总是能听见他唱歌，所以他很想知道是不是欧珀兰德兹·克努特只会唱这一首，后来他得到了后者肯定的答复。阿恩很好奇，于是问他："那你是怎么会唱这首歌的？"后者回答道："一个偶然的机会。"

阿恩听完他的话，便回家去了。到家以后，他发现母亲正在屋里默默流泪，这还是他在父亲死后第一次看到母亲哭泣。他有些尴尬，于是他假装什么也没有发现，背对着母亲站在那里。然而他感觉后背有一双悲伤的眼睛在盯着他，于是他转过身来，问道："您怎么哭了？"玛吉特没有说话，一瞬间，屋子里的空气仿佛凝固了一般，周围静得可怕。阿恩见母亲没有回答，又忍不住轻轻地问道："妈妈，您怎么啦？"

玛吉特呜呜地哭着回答说："我也不知道怎么回事。"

阿恩听完母亲的回答，接着说："您这样哭一定是有原因的啊。"

玛吉特没有回答，但是阿恩的脸上像发烧了一样，内心窘迫极了。

时间一分一秒地流逝，玛吉特终于又说话了："我只是突然很想哭，没事的。"顿了顿，她接着说："不过我现在挺幸福的，真的。"说完，她的哭声又大了起来。

阿恩听完母亲的话，就急匆匆地向山谷里跑去了。等他停下来，坐在草地上思考这件事的时候，他开始难过起来。他沮丧地说："要是我知道妈妈哭的原因就好了。"

不远处传来欧珀兰德兹·克努特的歌声，他是这样唱的：

> 茵葛里德·斯兰特只有一顶漂亮的毛线帽子，
> 她没有那些贵重的首饰来装饰自己。

那顶漂亮的帽子样子十分老旧，帽顶光秃秃的。

不过茵葛里德认为那是世界上最美的装饰，

因为那是她早已离开人世的母亲的遗物。

这顶帽子是神圣的，我要在婚礼上戴着它。

她就这样把帽子一放二十年，以免它被岁月无情地吞噬。

我会戴着这顶帽子向上帝祈祷，我是世界上最幸福的新娘。

她就这样把帽子一放三十年，以免它的颜色被岁月无情地抹去。

我好担心自己不能成为新娘，哦，我亲爱的小帽子！

直到有一天，她再去找她的帽子时，一切都沦为泡影——

帽子烂掉了。

歌声一直传进阿恩的耳朵里，他就安静地坐在那里。

然后，他走到克努特身边，轻轻地问道："你有妈妈吗？"

"没。"

"爸爸呢？"

"也没有。"

"他们很早就离开你了？"

"嗯，走很久了。"

"应该有很多人关心你吧？"

"也不是，其实没有那么多。"

"你在这里有亲人吗？"

"没有，他们不在这里。"

"哦，他们都在你的家乡吗？"

"也不是，家乡也没有了。"

"呃，这个世界上没有爱你的人吗？"

"没有了。他们都不在了。"

听完这一切，阿恩沉默了。他心里的感觉越发清晰，那是一种强烈的情感——对母亲的爱快要从他胸中溢出来了。他突然很想母亲，想要马上看见她，于是他马上动身回家。一路上，一个念头一直萦绕在他的脑海中：如果妈妈不在了该怎么办啊？他开始害怕起来，不禁加快了脚步。他有一种不祥的预感，然而到家的时候，他发现一切如常。母亲静静地躺在月光里，安详地睡着了。他长舒了一口气。

第六章 匪夷所思的事

过了几天，附近有人结婚，玛吉特决定带着儿子去参加婚礼。

母子俩过着几乎和外人断绝往来的生活，所以他们在婚礼现场除了几个亲戚外，不认识其他人。阿恩其实并不开心，他总觉得有一些怪异的目光朝他看过来。后来，当他经过一群人的时候，他确定那群人中有一个人正在谈论他，他非常生气，他的脸通红一片，脖子上青筋暴起。他走了过去，坐到那个家伙的旁边。那家伙长得非常丑陋，脸盘扁平，肥厚的嘴唇向外凸起，鼻子又大又红，深陷的眼窝中嵌着两颗黑豆般的小眼睛，微秃的头顶上散落着几缕红棕色的头发。

酒桌上，那个家伙看着阿恩说："我要说个故事，别以为时间久了，就不会有人记得它。"那人粗糙的双手拍在桌上，那双手居然异常小巧，但他的表情十分凶狠，努力用很快的语速来讲话，人们便送了他一个外号——吹牛大王。阿恩虽然知道父亲曾对这个家伙很不友好，但是对于此人的行为仍然感到有些奇怪。

"吹牛大王"说道："说实话，这个世界没那么干净，罪恶的勾当离我们很近，近到你们都无法想象。不过，这有什么？给你们说件事，关于阿尔夫的，对，就是那个走街串巷的小贩。过去啊，他经常说：'我还会回来的。'所以这句话就能被人们记住了。然后等他有便宜货的时候，他就用这句话来搪塞别人。哼，这个自大的家伙可真会算计，真是太粗鲁了。

　　"你们还记得那个大懒蛋吧？就是那个不干活儿的大块头。他啊，特别喜欢阿尔夫之前训练过的那匹会跳的马。后来，那马瞎了，阿尔夫就骗大懒蛋花五十块买了去。大懒蛋本想用那匹马拉车去显威风，结果马只在原地打转，他才知道自己上当受骗了。

　　"然后啊，大懒蛋和阿尔夫就结了仇，两人只要一见面，就一定会为那匹马打得不可开交。大懒蛋坚持要阿尔夫把钱退给他，可那狡猾奸诈的小贩却说：'我还会回来的。'哼，这个自大的家伙可真会算计，真是太粗鲁了。

　　"再然后啊，阿尔夫就不见了，谁都不知道他去了哪里。又过了大概十年，有人发现了一张告示，上面写着关于阿尔夫的寻人启事，因为他将继承一大笔财产。大懒蛋知道了，十分肯定地说：'一定是钱在找他！'

　　"现在，阿尔夫的踪迹仍然是个谜，没有人知道他的消息。呵呵，你们都知道暗礁上的那条老路吧？有传言说，有人曾在暗礁的另一边看到过他。

　　"那个大懒蛋啊，可是越过越好，他现在有了自己的房子和土地。不过，奇怪的是，从不信教的他开始信教了，于是，人们都开始偷偷地议论起他的这些变化。

　　"后来，人们为了让路况更好一些，就决定把暗礁上径直穿过的老路改造一下，于是沿河铺了新路。就在工程实施过程中，发生了一件大事。那天，所有与此事相关的重要官员都在现场，工人们正在清理挡在路上的大石堆，当他们挖到地面时，有人挖出来一个类似石头的硬物。可是，那并不是什么石头，那是一个人的手骨。然后你猜怎么着？在现场看热闹的大懒蛋看到这一幕之后当场就晕过去了。当时有地方官在现场，所以就派人继续挖掘，然后就挖出了一堆碎骨。他们请了当地的医生把它们拼起来，结果正是一个完整的人骸骨。

"这就不得不让人怀疑了。一些人觉得那副骸骨的身高骨架和阿尔夫差不多，一些人觉得单凭一块手骨就能让大懒蛋晕过去这太不正常了。地方官私下认为大懒蛋和这具尸骨脱不了干系，但是大懒蛋极力否认，并且以最恶毒的诅咒发誓自己是清白的。地方官听完大懒蛋的话，有些昏头了，于是他想出了一个主意，对大懒蛋说：'你说没关系，那你证明一下总可以吧？你敢和这堆白骨睡一夜吗？'大懒蛋说：'为什么不敢呢？'然后，地方官就让医生把那些骨头都连好，放在附近的屋子里，又在尸骨旁边为大懒蛋搭了一张床。当晚，地方官也留宿在那里，他在房门外靠着，冷风让他裹紧了披风。夜幕之下，在这个黑暗密闭的房间里，和那具骷髅待在一起的大懒蛋应该是害怕了。门外的官员听见屋里传来了大懒蛋唱诗的声音，那是《圣经·旧约》里的诗篇，地方官问他：'你怎么了？为什么要唱诗？'大懒蛋回答说：'或许他从未听过挽歌。'说完，他就开始进行祷告。他洪亮的声音里充满了虔诚，既像是在给自己壮胆，又像是为自己赎罪。地方官又问：'为什么要祈祷？'大懒蛋回答说：'死去的人是有罪的。'后来，屋里渐渐就没声了，地方官也没发现什么异样。这时候，突然从房间里传出一声尖叫：'我还会回来的！'紧接着就传来吵闹声和打斗声，那些声音就像之前阿尔夫和大懒蛋打架时那样。混乱中，还有人听见大懒蛋在喊：'快把那五十块退给我！'

然后又是一阵乒乒乓乓的声音。等到门被撞开的时候，举着棍子和火把的人们看到那具骷髅正伏在大懒蛋身上，而大懒蛋则躺在地上，他已经不省人事了。"

人们听完"吹牛大王"的话，全都沉默了。

"从那以后他就疯了吧？"一个抽着烟的人打破了沉默。

"对。就是从那时候开始的。"

阿恩低着头站在旁边，觉得周围的人好像都在注视着他，这让他很窘迫。

"吹牛大王"继续说："我还是那句话，别以为时间久了，就不会有人记得它。"

一个胖子接着说下去："我来讲一个吧。这是个儿子打老子的事。"听到这里，阿恩的脑子嗡的一声陷入了混乱。

那个胖子继续说："那个家伙是个大个子，脾气很差，总是找碴儿和人吵架。他和他爸爸也总吵架，吵架内容无非是零花钱之类的小事。反正只要他在，就没消停时候。他们家族的人都是些和他一样的大个子，在哈登厄峡湾附近生活。

"反正他们父子俩都是倔脾气，一个说：'没人能把我打倒。'另一个就要说：'老子只要还在，就一定能打倒你。'儿子听了父亲这话顿时就火了，噌地站起来说：'那你就试试！'父亲也气红了眼，站起来，朝着儿子吼道：'试试就试试，别怪我不客气！'儿子撸起袖子，冲到父亲面前，一拳干倒了他，'老东西，你非要这么说吗？'父亲沉默了，他既没有招架也没有反抗，而是任由儿子将他在地上拖来拖去，揍得鼻青脸肿。一会儿，父亲说话了：'至少家里还能容我松口气。'儿子把父亲拖到了门口，父亲挣扎着起身对儿子喊道：'别跨过这道门，至少当年我是这样的。'不过显然，儿子没有听他的。在父亲的身体碰到门槛的瞬间，父亲迅速地站了起来，回身把儿子撂倒在地，然后一拳拳砸过去，边打边说："我强调过了，不能出这个门。'"

大家听完这个故事，七嘴八舌地讨论起来："儿子打老子，罪不可恕！""这件事听上去，挺让人难过的。"

当阿恩听到"儿子打老子"时，他难受极了，忧郁的脸上没有一丝血色，脑子也乱糟糟的，仿佛不知道自己在干什么。他站起身来，尽量用平静的语气说道："我来讲一个故事吧。"说完，他就彻底蒙了，仿佛自己的嘴不受自己控制一般，开始了他的讲述。

"有一天，一个男孩在前夜的梦中梦见他杀死了自己的父亲。此时，他正在路边哭泣。一个通灵者看到他，走上前去，问他：'谁是你最害怕的人，是你自己还是其他什么人？'他回答说：'我最害怕的人就是自己。'通灵者轻轻地对他说：'你之后的命运便是此生不得安宁，不要哭了，你无须害怕自己。'说完这些话，他便头也不回地上路了。年轻人擦干眼泪，他的人生从此发生了变化——有人嘲笑他，他就讥讽回去；有人揍他，他就挥起拳头打回去；有人想杀了他，他就先把那人结果了。于是，所有人都认为他是个十恶不赦的人，他被禁止回家，甚至被禁止拿自己的东西。所以，他开始偷别人的东西。人们把周围发生的一切坏事都算到了他的头上，因为所有人都坚信他只会做坏事，然而他并没有因此而哭泣，因为他没有眼泪了。最后，人们暗地里决定把这个十恶不赦的年轻人淹死，他们认为只有这样才能洗清他的罪恶。果不其然，他被人们沉到了井底，再没有上来。那口井从此总是弥漫着一股腐烂的味道。

"年轻人死后去见了上帝，因为他其实并不清楚自己为什么会被人们淹死。在上帝那里，他见到了只是梦里被自己杀死的父亲，还有那些他曾讥讽过的人，他曾打过的人，曾经被他真正杀死了的人以及那些被他偷过东西的人。他们都坐在上帝面前的长条凳上，只不过他父亲自己坐一条，其他人坐在另外一条上。上帝问他：'这些人里你最怕谁？是你父亲还是其他人？'年轻人伸手指了指那群人。上帝说：'好吧，那你和你父亲坐在一起吧。'

"年轻人刚坐下来，只见长条凳上猛地多了三个人，一个是长相和年轻人几乎一模一样但面无血色且瘦削虚弱的人，另一个是四肢瘫软且有着干枯头发和酒鬼模样的人，还有一个是身着破烂衣服长相凶恶且一直在怪笑的人。而年轻人的父亲则从长条凳上摔下来，他看到父亲脖颈后面有一道像是被斧子劈过的伤口。

"上帝指着那三个怪人对他说：'你或许会成为他们其中之一。'年轻人抓着上帝的领子问道：'果真如此吗？'就在这时，长条凳全部掉下去了，只剩男孩还在上帝面前。上帝对他说：'但愿你永远记得这些事。'然后，年轻人突然醒过来，发现上面发生的一切只是他的一个梦。

"你们知道这个梦是谁做的吗？睁大你们的双眼！就是我！而那些嘲笑他、殴打他甚至想杀了他的人就是你们。我现在啊，一点儿也不害怕我自己。不过你们听好了，别逼我变成那样，不然我可不敢保证自己还能不能抓住上帝的衣领。"

然后，阿恩一溜烟地跑了出去，听完他这些话的人都尴尬地看着彼此。

第七章　谷仓里的独白

后来的某一天，阿恩喝醉了，那是他这辈子第一次喝醉。他在一个谷仓里躺了一个白天加一个晚上之后，清醒了许多。他起身坐在地上，双手支撑着地面，默默地思考着什么。

"懦弱，我从小到大都被懦弱支配着。因为懦弱，我放弃了离家出走的念头；因为懦弱，我违心地讨好爸爸而疏远妈妈；因为懦弱，我去唱那些我极为讨厌的歌；因为懦弱，我学会了逃避，所以去放牛，去书本里面寻找安慰。我受够了这一切，可懦弱却让我对此无能为力，我不能逃离这个可怕的家，甚至不能为母亲做些什么来减轻她所受到的伤害。那些懦弱啊，让我陷入了死局——既不愿留，又走不掉，没办法，我只能去放牛。因为我对于社交十分恐惧，所以现在才会安于母亲身边的生活，否则，我的懦弱怕是要惹她伤心了。

"为什么害怕和其他人交往？为什么要和他们说那些话？他们只会看到我的罪恶，只会让我变得更加懦弱，而我必须用那些话来堵住他们的嘴。可是,我已经是懦弱的奴隶了,那些歌就是最好的证明——我害怕想家里那些事,所以必须用其他什么事情把我的脑袋占满。

"我无法那样做,因为懦弱,我无法完全释放自己,只能拼命压抑着本能,那些歌都是如此。若是我再也不用逼自己了,它们会比现在好上一千倍。可我做不到啊!对于力量的恐惧使我不得不压抑自己,我可以变得更好的。智慧、知识和口才,它们只是隐藏在我看似愚昧笨拙的外表下而已。不过,这又有什么用呢?懦弱的我只能在这里自怨自艾地喝闷酒,自欺欺人地认为酒精可以让我获得解脱。哪能这么轻易解脱?在这里胡言乱语不还是因为懦弱吗?

"我连结束这一切的勇气都没有,对于死亡的恐惧让我不得不苟活在这个世上。拿什么来拯救我呢?恐怕只有上帝了,可是我又做不到全身心地侍奉他,这该死的懦弱,我该怎么办啊?

"万能的主啊,当我向您迈出那一步的时候,您会成为那个指引我走向光明的人吗?您会是那个为我疗伤的人吗?我内心脆弱,不堪承受这样的负担。倘若我真的成为您虔诚的信徒,您会待我如初吗?"

这时,谷仓的门突然被推开了,玛吉特额角挂汗地出现在阿恩眼前。她日夜不停地寻找着阿恩,一刻也未敢合眼。母亲的脸因疲惫而略显苍白,显然她跑了很多路——在过去的二十四小时里,她焦急地四处呼唤着阿恩的名字,却不敢在一处多做停留,直到谷仓里传来儿子的回应。

看到儿子,她激动地叫了起来,然后飞身扑进儿子的怀里。她情不自禁地喃喃低语:"我的好孩子,我终于找到你啦!原来你一直在这个谷仓里啊!我找了你一整夜!我知道和那些人打交道是你的负担，唉，我也一样，可我也还是想帮帮你。"

玛吉特用力搂住了阿恩，说道："天哪！我的上帝！孩子，你竟然喝酒了！你……你……你怎么能……喝酒呢？"母亲有些语塞，停了好久，她又说："酒会摧垮你的！你会因酒精而颓废下去的！愿上帝能够原谅你，亲爱的阿恩。你知道吗？我找遍了这附近所有的土地，问遍了几乎所有人，却一直没能找到你。这里我也找了，但当时你没有回应我。我甚至想到了那些不好的事情，还去了河边，可是那里的水很浅。

"我也想过你也许自己回家了呢，可我把家也找遍了，你不在那里。后来我才想起来，你一定没有回来的，因为你也没有家里的钥匙，怎么能开门呢？我把能去的地方都找了，可我没去峡谷那边——我害怕极了！后来我又迷迷糊糊地回到这里，然后看见了你，这大概是上天的旨意吧！"

玛吉特靠在儿子的身上，静静地听着儿子的安慰。不过她还是有些不放心："我的好孩子，我要你发誓再也不碰酒精了！"

"我不会再喝了。我向您保证！"

"我知道不是你的错，孩子，是那些人对你做了什么吗？"

阿恩斩钉截铁地回答道："不是这样的，是我的懦弱。"

玛吉特哭着说："如果他们对你做什么让你难受的事情，请一定和我说啊！你之前就不告诉我……"

阿恩轻轻地反驳道："可您也从来没有告诉过我呀！"

玛吉特温柔地对儿子说："我的好孩子，不是这样的，你应该问妈妈的。你父亲在的时候，我是什么也不能说。我们受了那么多苦，现在又要两个人相依为命了。"

阿恩安慰着妈妈："会好起来的，妈妈，请相信我！我下周末给你念念布道的经文。"

玛吉特点点头，说道："上帝保佑，我的孩子！"

……

玛吉特突然对阿恩说："我的好孩子，我还必须要告诉你一件事情。"

"好的，您请说吧！"

"妈妈对不起你！"

"请别开玩笑了！"

"我是认真的，妈妈被迫做了一件错事。我的好孩子，请原谅我。"

"怎么可能？妈妈说笑了。"

"我的好孩子，这是千真万确的事情。做那件事虽说是出于我对你的爱，但也是非常不好的。请一定要原谅妈妈啊！"

"我怎么会怪您呢？"

"好孩子，我一直惦记着这件对不起你的事情，所以才不怎么和你说话的。"

"忘记它吧，妈妈！"

"和你说完这件事，我感觉轻松了一点儿。"

"那我们以后可以多说说话吗？"

"当然可以！你也可以多给我念念布道的经文。"

"好的，妈妈。"

"上帝保佑，我的孩子！"

"妈妈我们还是回去吧。"

"走吧。"

"妈妈你在看什么？"

"这个谷仓也曾是你父亲哭过的地方。"

阿恩愣了一下，脸上瞬间血色全无，"您是说，爸爸？"他惊讶地问道。

"就在你接受洗礼的那天。"玛吉特接着问道，"我的好孩子，你在看什么？"

第八章　水边的告别

今天又是美妙绝伦的好天气，阳光让我心生欢喜，我如果坐在屋里，就无法得到片刻的休息；所以我信步走进森林，在松软的松叶垫上躺下。脑海中的想法开始自由翱翔。然而蚂蚁在树下忙忙碌碌，黄蜂和蚊子在四周嗡嗡作响。

"亲爱的，今天天气这么好，你不出去走走吗？"母亲一边在走廊纺着纱，一边问阿恩。

今天又是美妙绝伦的好天气，阳光让我心生欢喜，我如果坐在屋里，就无法得到片刻的休息；所以我信步走进桦树林，在松软的树叶垫上躺下。脑海中的想法变成音符，我把它们随口唱出来。然而长蛇也出来晒太阳，它的个头足有五英尺①长，顾不得美妙的乐章，我先离开它再唱。

① 1英尺约为0.3米。

176

"今天可真暖和呀，我们在屋里都可以光着脚了。"妈妈一边说着，一边脱下了自己的袜子。

今天又是美妙绝伦的好天气，阳光让我心生欢喜，我如果坐在屋里，就无法得到片刻的休息；所以我跳到外面的小船里，在带着咸味的船舱里躺下，潮汐带着我漂漂荡荡。然而太阳晒伤了我的鼻子，我只好把船划到岸边去。

"今天还格外地适合制作干草，真是个晒干草的好天气呀！"妈妈说着，把耙子扔到了草堆里。

今天又是美妙绝伦的好天气，阳光让我心生欢喜，我如果坐在屋里，就无法得到片刻的休息；所以我爬到树上乘凉，但是毛毛虫也想来我这块宝地，它掉到了我的脸上。我只好跳下树去，不再跟它争高低。

"哈！如果奶牛今天还不出来，那它就不会再出来啦！"妈妈一边朝斜坡张望着，一边这样说。

今天又是美妙绝伦的好天气，阳光让我心生欢喜，我如果坐在屋里，就无法得到片刻的休息；所以我驾着小船去寻找瀑布。我却在没有风浪的河中溺了水，没能划船回来。如果做了这些，那绝对不是我。

"相信我，如果再有几个这样的好天气，我是说这样晴朗的天气，我们的干草就能晒好了。"妈妈一边整理床铺，一边高兴地说着。

阿恩从小就不大喜欢所谓的童话故事，但是现在，他竟然开始喜欢阅读童话了，因为那些故事总是能把他带入一个古老民歌的世界，那里充满了传说和各种各样的歌谣。

虽然他也会经常阅读布道的经文，还有其他和宗教相关的书籍，而且他对待周围的人，总是那么的温柔和善。但是总有一种奇怪又深沉的渴望从他的心中升起，他不再像以前那样唱歌，经常独自一个人出去，漫步在月光下，或徜徉在田野中，连他自己也不知道到底在想些什么。

曾经，对于那些乡间景色他不屑一顾，而现在他却觉得这些景色出奇的美丽。那时他正要和同学们去找牧师，准备坚信礼的考试。牧师住在湖边，他们经常去那片湖水玩儿，并且把它叫作"黑水"。这座湖夹在山脉中间，也许是因为湖水很深的缘故吧，整个湖面看起来漆黑一片，他现在时常会想起那个地方，所以一天傍晚，他独自走到了湖边。

牧师的房子建在斜坡的一边，斜坡再往上延伸，就是一座高山，而在月光下，这座房子投下的阴影，让它显得非常的高大，仿佛它也是一座小山。在房子后面是一片小树林，另一边则是海滩，高山的阴影又宽又长，夜晚就会投射在湖岸边，湖面反射着月光，显得波光粼粼。这是秋日的一个宁静傍晚，四周静谧异常，除了对岸偶尔的几声牛铃响，几乎没有任何动静。阿恩就坐在房子后面的小树林中，俯瞰着湖水。

他从日落之前就坐在这里了，欣赏到了太阳落山的美景，尤其是当太阳已经西沉，红日将自己的光亮投射在湖面，角度极大的照射，让高山的阴影做出了让步。日落的方向有一座长长的低谷，正对着湖水。这光影的移动，就仿佛高山在向后倒退，低谷在朝前紧逼，在这光影的交错运动中，整个地面都仿佛剧烈地晃动了起来。湖的两岸遍布着星星点点的房舍。伴随着太阳的余晖，遥遥升起的是袅袅的炊烟。绿色的田野受到这最后的蒸腾，腾起了一层薄薄的雾气。

阿恩看着许多载满干草的小船就停在岸边，有不少人走来走去，但却没有听到任何响声。他的目光又沿着海岸看向了高山和旁边的树林，由于人们常年的来往穿梭，林中的那条小路就像一条崎岖盘旋的腰带，缠绕在一整片茂密的树林中。他的目光又转了回来，最后望向了自己所在位置的正对面，那里正好是高山的入口，周围布满了房屋，大多数房子被刷成了红色，它们有着高大的落地窗，这些房子和高大的窗户，在夕阳的照耀下闪闪发光。

微微发着白光的沙滩，几只打闹着的小狗，还有田地和草地间跑闹的小孩，这些都构成了一幅美妙的乡村图景，映入阿恩的眼帘。

渐渐地，一股迷雾从山上升起，带走了阳光，吹散了晚霞。孩子们也都渐渐回家了，阿恩仍旧低头俯瞰着湖水。他发现一切都开始有了变化，田野在摇动，森林好像悄悄地靠近了，而房子们都低着头静静地站着，门大开着，像是张开的大大的嘴。他看过的那些故事里面的情节，此刻都浮现在了他的脑海中，一点一点地碰撞，就像小鱼轻轻碰撞在水中垂着的钓饵一样，游过来，撞一撞鱼饵，又游走。

忽然，从他的背后传来了一阵说话声。

"咱们就坐在这里等你妈妈吧，我想牧师家的太太一定能够完成的。"

一个女孩哭着回应说："能不能让我在这儿再待一晚？就一晚……"像是在乞求着什么。明显，她已经哭了很久，现在的声音还因颤抖而哽咽着，有点儿上气不接下气，听起来应该是个很小的女孩子。

"别再哭了，你已经哭了很久了。如果再哭，就是你的不对了，你是要回家找妈妈的呀。"一个男声轻轻地劝慰道。

"我并不是因为这个才哭的。"

"那你是因为什么哭呢？"

"因为我没办法和玛蒂尔德在一起住了。"

玛蒂尔德是牧师的女儿，阿恩记得一直有个农民的女孩住在这里，跟她一起长大。

"你听过那句话吗？天下没有不散的筵席。"

"我知道，但是哪怕让我再跟她多待一天也好啊，爸爸。"说到这里，女孩又开始哭泣。她的哭声一直断断续续的。

"不行，我们最好现在就走，现在就回家，可能现在才带你走，确实有点儿晚了。"

"晚了？为什么这么说？是每个人生来都会遇见这样的事吗？"

"你从出生就已经决定了是一个农民，你注定一辈子都是农民，我们也养不起淑女，或者什么大小姐。"

"可是我如果回到农民的家里的话，可能一辈子都只能是个农民了。"

"这也不一定，我的孩子。"

"我总是会把农民的裙子穿烂的。"

"衣服和是不是农民没有什么关系。"

"可我会纺织，还会做饭。"

"这和农民也没有什么关系。"

"我可以像你和妈妈一样说话。"

"也不是因为这个，孩子。"

"那到底是因为什么？那些都不是，不是因为衣服，不是因为做饭，不是因为干活儿，也不是因为说话，那我实在不知道到底是因为什么了。"女孩说着也被自己的话逗乐了。

"时间会给出一切答案，现在你的小脑瓜儿里面已经有太多想法了。"

"想法想法，你总是这么说，可我没有什么想法。"

"哈哈，你是个小风车呀，小风车。"

"牧师从来没有这么说过我。"

"当然，他不会这么说的，但是现在我说了。"

"风车？谁会相信自己是个风车呢？我从来没听过这样的事。"

"那你想要成为什么样的人呢？"

"我会成为什么样的人？我从来没想过这样的事，也许什么也不是吧……"

"哦，可能什么也不是。"

女孩又笑了起来，但是过了一会儿她又哽咽地说："你不能这么说，爸爸，你不能说我什么也不是，这可太让人伤心了。"

"好好好，我不说，那你想成为什么就成为什么吧。"

女孩笑了起来，可是过了一会儿，她又说："牧师可不会这么嘲笑我的。"

"不，他肯定嘲笑过你。"

"才不会呢！牧师可比你对我好。"

"是的，我不会像他那样宠你，如果我也那样的话会把你宠坏的。"

"就像酸牛奶没办法变甜？"

"不过做成炼乳可就是甜的了。"

女孩又咯咯笑了起来，接着他的父亲说："看呀！你妈妈来了。"之后，她又变得严肃了。

"她简直和牧师太太一样啰唆，活了半辈子了，我从来没有见过这样的人。"一个尖锐的女声说，"快一点儿，巴德，赶快过来推船，不然今天晚上我们可到不了家了。"

说着，她走向岸边，解开缆绳，一边招呼着她的丈夫和孩子。"太太想让我看看，别让伊莱的脚沾上水，哦，天哪，看来她得自己看着她了，她说这都是为伊莱的身体好，伊莱每天早上都得出去散会儿步，我怎么从没听说过这样的事呢？快点儿起来巴德，快点儿，起来推船，今天晚上我还有很多面团要揉呢！我们不能再在这儿耽搁下去了。"

"可是箱子还没来呢。"巴德说着，一动也没动。"那是因为箱子今天不来了，要下个星期日才来呢，过来，伊莱。拿着你自己的东西，还有巴德，你也快点儿，好吗？快点儿！"

然后阿恩听到从下面沙滩的方向，同样传来女人催促的声音。巴德问："你看到船上的活塞了吗？"

"看到了看到了，我把它放上去了。"之后阿恩听到她发动船的声音。"拜托上帝，巴德，你还没有起来吗？我们总不能在这儿待一晚上吧？快起来吧，巴德！"

"我在等箱子呢。"男人依旧一动不动。

"哦！我的上帝，我不是刚刚和你说了吗？箱子留在那儿了。

要到下个星期日了。"巴德没有理睬女人，反而是指着房子的方向说："看哪，他们把它拿来了！"确实有一辆马车，从那边咔嗒咔嗒地过来。

"怎么会这样？我不是已经说了，要等到下个星期日吗？"

"因为是我说要把它带走的。"巴德站起身来，朝马车走过去，妻子也走到了马车旁边，把上面的包裹和其他零碎的袋子拿到了船上，然后巴德亲自把那个箱子拿了下来。他们正准备转身离开。突然，有一个戴着草帽的女孩在后面拼命地追赶着马车，她的头发像瀑布一样飘散在身后，那是牧师的女儿——玛蒂尔德。

"伊莱！伊莱！"她在远处不停地大声呼唤着。她虽然跑得气喘吁吁，但还是一直喊着伊莱的名字。

而伊莱也给了她热烈的回应，朝她大喊："玛蒂尔德！玛蒂尔德！"然后伊莱火速地跳下了船，朝她跑了过去，两个女孩就这么跑向对方，她们在山坡上重逢，紧紧地拥抱在一起，大哭了起来，然后玛蒂尔德把自己放在身后的东西拿了出来，是一个鸟笼，里边还有一只小鸟。

"给，"玛蒂尔德把鸟笼递给伊莱说，"以后，娜丽法就由你来养吧，妈妈也是这么希望的，我们都希望你养着它。这样你就能时常想起我，也许还能经常来看我，你就养着它吧！"

伊莱接过了鸟笼，放到地上，然后她们又抱头痛哭了起来。

可是这个时候，妈妈已经在叫伊莱，催促她赶快上船了。"我想和你一起走。"玛蒂尔德说。

"好啊，我们一起走！"于是她们把胳膊搭在对方的肩膀上，一起朝码头跑去。

阿恩看到巴德夫妇已经把小船推下了水。伊莱站在船尾，手里拿着鸟笼，呜咽着，朝玛蒂尔德挥手告别。而玛蒂尔德站在码头边的石头上，一只手掩住嘴巴，好不让自己哭得太大声，另一只手不停地向伊莱挥舞。

玛蒂尔德就那么一直站在那儿，看着船越来越远。湖泊和房子之间有很大的一段距离，船很快就消失在了黑暗之中。

之后，阿恩又看到，船很快地在湖的另一边靠岸了，水中映着三个人的倒影，他们上岸之后，朝红房子走去，一直走到最好的一幢红房子里。妈妈第一个进去，之后是爸爸，最后才是女儿，但是女儿很快又从房子里跑了出来，坐在了仓库前面，可能是在眺望牧师的住所吧，玛蒂尔德已经哭着离开了。现在，山上只剩下阿恩还坐在那儿注视着对面的伊莱。"不知道她会不会看见我。"他心想。

太阳已经完全落山，这样晴朗的天气，就算是夜晚，在月光照耀下也格外的明亮。阿恩站起来走开了。现在湖面和山谷都升起了薄薄的雾气，周围的山脉连绵起伏，山峰像刀刻一样清晰可见，仿佛在眺望着对方，阿恩朝高处走去，下面的湖水变得又黑又深，天空好像也放低了自己，一切又是那么的熟悉和美好。

第九章　采松果聚会

　　最近阿恩的心情比以前好了很多，不管是待在家里，还是和别人在一起，他都显得十分快乐。冬天不知不觉地来临，他把家里的活儿干完之后，还经常去教区帮其他人做一些木工活儿。不过雷打不动的是，每个周六的晚上，他都要回家和妈妈待在一起，星期日再和妈妈去做礼拜，或者是在家里给妈妈读布道的经文，晚上再回到工作的地方。

　　他和其他人的交往越多，他心里想出去旅行的渴望也就越强烈。心情好的时候，他会试图完成自己的歌曲，那首《在高山上》，他前前后后修改了有二十多次。很多时候，他也会想到克里斯丁，而后者似乎早就把他忘了，虽然当初克里斯丁许诺，会给阿恩写信，但是却一封信都没有寄来。有一次，他是那么的想念克里斯丁，于是他把对伙伴的思念说给了妈妈，可是妈妈听完却什么也没说，就转身出去了。

　　教区里面有一个人，虽然身患残疾，但却十分快乐，他的名字叫作吉纳尔·阿森。他的腿在二十岁的时候就断了，从那之后他就只能拄杖而行，可是他不管走到哪儿，都能给别人带去快乐。他非常富有，但却不吝啬，他能够把自己的大部分积蓄都用于做善事，并且他是秘密地进行着这些，并没有什么人知道那些好事是他做的。他有一大片坚果林，每到收获的季节，他就会挑选晴朗的一天，为家里的女孩们准备采坚果聚会。他是这个教区里边大部分女孩的教父，几乎所有的孩子都会喊他教父，而其他人也跟着这么喊。

他非常欣赏阿恩的才华，也是因为阿恩的歌，所以他今年也邀请了阿恩来参加采坚果聚会，可是阿恩却拒绝了，因为他不习惯自己的周围有女孩。"既然不习惯，那就赶快来参加聚会，习惯习惯吧！"教父愉快地说。

最后，阿恩还是参加了这次聚会，而自己似乎是这些客人中唯一受邀的男士，他从来没有见过这样的场面。因为他发现，那些女孩子总是会无缘无故地笑起来，当她们聚在一起的时候，好像她们一生都是这样生活在一起的，他不明白为什么女孩子总是能那么快地混熟，她们中的几个人甚至在聚会之前都从没有见过对方。

在聚会上，她们嬉戏、追跑，哈哈大笑，她们为采集坚果互相逗趣，教父也会追赶她们，搞出各种恶作剧。大家都欢乐异常，只有阿恩一直带着悲伤的表情，所有人都笑他，但是他最终放开了自己，和她们一起放声大笑，因为这个，女孩们也都跟他一起大笑了起来。

在炎热的午后，大家一起坐在山坡上休息，女孩们围成一圈，教父坐在她们中间，太阳在上方照耀着，她们却显得毫不在乎。她们坐着砸开坚果，把果肉递给教父，又把果壳互相扔掷，直到教父向她们做出安静的手势，她们才稍微安定下来。他讲了一个故事之后，女孩们再也压抑不住自己的表达欲，她们也急切地想要讲出自己知道的故事，虽然她们一直在大吵大闹，喋喋不休，让人一刻不得安宁，但是令阿恩感到惊奇的是，她们的故事都十分真诚，因为主题都是关于爱的。

一个名叫阿莎的女孩讲了一个关于女妖和放牛人的故事。

接下来，一个长着圆脸，有着小巧鼻子的女孩说："现在我也来讲一个我知道的故事吧。

"曾经，有个年轻人非常爱慕教区内的一个小女孩。虽然他们都已经成年，但是他们的个子却长得有点儿小，这个年轻人没有勇气去让女孩子跟他一起走，每次做完礼拜回家的路上，他总是紧紧地跟在她的身后，但是不知道为什么，他们的话题只能围绕着天气，却没有其他的进展。

"他们一起去参加舞会，在舞会上热情地跳舞。他们不停地跳，女孩几乎要累瘫了，但是年轻人还是没办法对女孩说出自己的心意。他苦思冥想，最后对自己说：'你如果学会写信就好了，就可以说出自己想说的话。'

"于是他开始每天练习写信，但是他却总觉得自己写得还不够好，他坚持练习了一年，才敢把自己的信交给女孩，可是又一个新的问题产生了，他怎么才能把信交给女孩，而不被别人发现呢？

"他一直在等待这样一个机会，直到有一天，他们一起站在教堂后面。他腼腆地拿出了改了千万次的信，对女孩说：'这一封信是给你的。'

"'真的吗？可是我不认识字呀！'女孩回答。

"男孩就站在那儿，长久地一动不动。

"一段时间之后，女孩家要整修房子，男孩到女孩家去给她的父亲做帮工。他经常在她的周围徘徊，有一次他几乎快要说出口了，但实际的情况是，他张开了嘴巴，正要发出第一个音，但不巧的是，就在那时一只大苍蝇飞到了他的嘴里。

"'好吧，无论如何，现在我只能祈求上帝，不要有其他的人想要带走她。'男孩私下想着，因为女孩实在太矮小了，的确没有人会带她走。

"可是不久之后的一天，有一个人来到了女孩的家。他很清楚那个人是来干什么的，所以当那个人和女孩一起上楼的时候，男孩也悄悄地跟了后面。他通过钥匙洞看着房间里边。之后，他就目睹了那个人向女孩的求婚过程。'我太倒霉了，我竟然没有抓住机会赶在他前面，向心爱的女孩求婚。'

"他们两个人坐在一起说着悄悄话，那个人想让女孩坐在他的腿上。这时候男孩再也忍受不住，他站在门口哭了起来，'哦，天哪，这到底是个什么样的世界？'他一边哭着一边说，他的声音惊动了房间里的两人。女孩马上冲到门口，打开门，看到他站在门前，已经明白了一切，女孩怒吼起来：'你到底想要什么？你这个下流的人！''拜托，为什么这个世界就不能让我好好地待一会儿？我只想成为你的伴郎。'他哭道。

"'不需要了，我的哥哥会是我的伴郎。现在请你从我家离开。'女孩说完这句话，就重重地关上了门。

"男孩又长久地站在那里一动不动。"

故事讲完了，女孩子们因为这个故事哈哈大笑，之后，她们又开始砸坚果，扔果皮，这时候教父希望伊莱·伯恩也讲个故事。女孩们纷纷猜测，她会讲什么呢？

过了一会儿，伊莱轻声讲道：

"从前，有一个男孩和一个女孩并肩走在路上，女孩指着树梢

说：'快看啊，那儿有一只画眉一直在跟着我们。'

"'是的，它一直在跟着我们。'

"'我认为它有可能是跟着我的。'女孩说。

"'那很快我们就能够知道答案了，'男孩笑着说，'前面有一个岔道，你走左边那条，我走右边这条，然后我们在路的那边碰头怎么样？'

"女孩欣然接受了。

"等到他们在路的那边碰头的时候，女孩说：'哎呀，那只鸟怎么没有跟着我呢？''但是那只鸟却一直在跟着我。'男孩说。女孩想了一下说：'或许是有两只画眉呢？'可是他们又向前走了一会儿，还是只有一只画眉。而两个人之间也有了一定的距离。

"'我一点儿也不喜欢那只画眉。'女孩说。'我也不喜欢。'男孩跟着说。

"可是他们刚刚说完这些，画眉就飞走了，这时候男孩说：'看呀，我承认，它的确是在你那边。''谢谢，'女孩回答说，'现在我可以清楚地看到它在哪里了，快看! 它又飞回来了，就在你这边! '

"'哦，没错，的确是在我这边! '男孩激动地高呼着，可女孩却有些生气，说：'我希望如果以后我们在一起走路的话，你不要这么激动。'之后她就走开了。

"可只要他们一分开，画眉就飞走了，男孩突然感觉到了失落，他朝女孩的背影喊道：'那只画眉没有跟你一起走吗？'

"'没有，没跟我在一起。'

"'那你要不要回来？这样它可能就会跟着你了。'

"女孩子开心地笑了，然后她走回来，和男孩手拉手继续向前走着。女孩模仿着画眉的叫声：'啾啾啾啾……'接着是男孩身边回响起来画眉的叫声，'啾啾啾啾……啾啾啾啾……啾啾啾啾……'现在他们周围，都响起了画眉的叫声，他们抬起头，发现有成千上万的画眉围绕着他们。'啊！这真是太不可思议了！'女孩说。男孩看着女孩：'是呀，愿上帝保佑你。'他一边说一边亲吻了她。"

所有人都认为这是个很棒的故事。

这时候教父又提议她们可以讲讲昨天晚上梦到了什么，他会确定谁梦到的东西是最好的，之后会给她们奖励。

讲昨天晚上梦到了什么，这实在是太不可思议了，女孩们不停地窃窃私语，轻声笑着，但是实际上每个人都觉得自己昨天晚上做的梦是最好的，其他的人都不可能比自己的好，所以最后她们决定向阿恩讲自己做了什么梦。

这个时候，阿恩一直独自坐在小山的脚下。所以女孩子们敢于轻轻走过去，把自己做的梦讲给他听。刚才第一个讲故事的女孩阿莎朝他走过去，对他说：

"我昨晚梦到自己站在一个巨大的湖边。我看到一个人，赤着脚在水面上行走，他轻轻地踏上一朵水仙花，坐在花上开始唱歌。我的身前有一片很大的水仙叶子，浮在水面上，我觉得我可以把这片叶子作为小船，划到那个人旁边。可是我一只脚刚刚踩到那片叶子上就开始下沉，我害怕极了，哭了起来，在这个时候他却乘着水仙花，划过来救了我，把我举了起来，然后我们就在整个湖里划来划去。这难道不是个好梦吗？"

接着是那个讲述可怜小男孩故事的长相小巧的姑娘。

"我梦到我抓住了一只漂亮的小鸟，我非常高兴，我想一定要等到回到房间里，才能放开它。但是真的走到屋里，我又不敢放开它了，因为我怕父母会让我把它放走，所以，我带着这只小鸟到了楼上，但是我还是不敢放开，因为我发现旁边潜伏着一只猫。正当我不知怎么办才好的时候，突然想起或许我应该把它带到谷仓，可是当我来到谷仓，发现墙上有那么多的裂缝，我害怕一松手它就会飞出去，最后我又带着它回到了院子里。院子中间站着一个人，我不想说出他的名字，他正和一只很大的狗玩儿，他朝我走过来，说：'我也想亲近你的那只鸟。'于是我就跑开了，可是他和大狗就在后面追着我，妈妈把门打开，匆忙把我拽了进去，然后砰的一声关上了门，那个男孩带着大狗站在门外大笑。他把脸贴在玻璃上，说：'快看啊，这是你的鸟。'说着，我看到他的手里，拿着我刚才捕获的小鸟。这难道不是一个好梦吗？"

下一个来跟他讲述的，是那个讲画眉故事的女孩子，她们都叫她伊莱。

伊莱一直咯咯笑个不停，以至有一段时间都没办法开始讲，但是最后，她还是忍住了笑，对阿恩说：

"因为我昨天上床睡觉之前，就一直期待着今天的聚会，我满心欢喜，所以昨天晚上我梦到自己就坐在山上，天气晴朗，太阳照着我的脸，我的膝盖上放满了坚果，有一只松鼠跑了过来，它就坐在我的腿上把坚果吃光了，这难道不是一个好梦吗？"

之后又有几个女孩走来向阿恩讲述了自己的梦。最后，她们让阿恩来说到底谁的梦是最好的。当然，他需要很多的时间来思考这个问题，这时候女孩子们和教父向房子走去，让他慢慢想，她们唱着歌，蹦跳着走下山。

阿恩静静地坐在那里，听着女孩们遥远的歌声，望着她们的背影，阳光照在她们的身上，她们的上衣闪闪发光，她们在草地上跳舞，一切看起来都是那么的美好。他不想再考虑那些梦了，他的目光追随着这些女孩子，他感到自己的思绪已经飘过了山谷，延续到了远方，那种奇妙的感觉一直向远方延展、编织。他非常希望能够逃离这一切，他的悲伤已经织成了一张密网，把自己紧紧地捆在了里面。

"为什么还要在这里待下去？我已经停留得够久的了。"他对自己说。同时他决定，不论结果如何，他都要回家和妈妈说出自己的想法。

他再一次把自己的想法加进了歌曲《在高山上》，他感觉自己的思路从来没有这么清晰过，那些歌词从来没有这么顺畅，他也从来没有这么顺利地就把它们变成了韵律，这些信息就像山头围坐着的女孩子圈成了一个圈。

他掏出随身带的小纸片，把纸片放在膝盖上，写下了脑中已经形成的歌词。当他写完站起来的时候，他感觉自己已经摆脱了一个负累，他不想见任何人，只想尽快回家，所以他大步穿过森林，朝家的方向走去。尽管他知道自己在晚上赶路会比较匆忙，但是当他第一次停下来休息的时候，习惯性地把手伸进口袋，想要拿出那首歌，却发现自己把歌词落在了刚才的地方。

有一个女孩到山上去找他，没有找到，却发现了他写的歌词。

第十章　松开风向标

和妈妈谈论外出的事情比预想的要困难得多，因为他和妈妈又提起了之前的伙伴克里斯丁。又说起了克里斯丁答应寄给他的那些信，他想要出去找克里斯丁，和他一起去外面，可是妈妈听完他说的话，就又走开了，没有给他任何的建议和答复。之后的几天，他发现妈妈的眼睛总是又红又肿，而且给自己做了比之前更认真、仔细的饭菜，他觉得妈妈的精神状态十分不好，这一切都是信号。

不久之后的一天，他和牧师到相邻的森林里面去砍柴，旁边就是人们采摘橘子的园子。当他走到林子里，脱下外衣，拿起斧头准备干活儿的时候，他听到了两个女孩的嬉笑声，于是他赶快藏了起来，原来是伊莱和玛蒂尔德，她们提着篮子来采橘子。

两个姑娘决定就在这里采橘子，不用再去更远的地方了。等到快要把篮子装满的时候，她们决定停下来休息一会儿，玛蒂尔德说："今天你能来实在是太好了，伊莱，你不知道我有多想你，不过你没有什么要告诉我的吗？"

"当然有，之前我去见过教父了。"

"除了这个呢？你没有什么有关他的事情要告诉我吗？你知道我说的是谁。"

伊莱羞涩地笑了。她揽住玛蒂尔德的腰，两个人坐在了草地上。她说："他又来我家了。爸爸妈妈假装什么都不知道，但是我上楼躲起来了。"

"之后呢？他上楼去找你了吗？"

"是的，我敢肯定，一定是爸爸告诉他我在那儿的。"

"之后呢？"

"嗯，他什么也没说，可能是因为他太害羞了。"

"不不不，快告诉我，他都跟你说了什么？一个字也不要落下。"

"他说：'你怕我吗？'我说：'我为什么要怕你？'他说：'你应该知道我想说什么。'之后他就坐在了我旁边的箱子上。"

"天哪，他坐在了你旁边！"

"之后，他就拦腰抱住了我。"

玛蒂尔德十分惊讶，捂住了张大的嘴巴。

"我想要挣脱开，但是他不愿意放手，'我亲爱的伊莱，'他说，'嫁给我好吗？'"

说到这里，她们两个哈哈大笑起来，笑得前仰后合，之后她们沉默了一会儿，玛蒂尔德小声地说："他竟然拦腰抱着你，实在是太奇怪了。"

"之后，你爸妈说什么了？"

"爸爸只是上来看了看我，但是我把头扭过去了，不想看他。"

"那你妈妈呢？"

"她什么也没说，只是对我没有以前那么严厉了。"

"那你和他是不是就算定了？"

"我觉得应该是吧。"

说完她们又沉默了一会儿，然后玛蒂尔德说："他就是这样揽着你的腰吗？"

"不是这样，是这样的。"

于是两个女孩又抱在一起，笑得前仰后合。

"伊莱，"玛蒂尔德忽然严肃地说，"你说，也会有人这样对我吗？"

"当然，当然会的。"

"也会像这样揽着我的腰？"说完，玛蒂尔德害羞地捂住了脸。

之后女孩们又笑了起来，经过了几番窃窃私语，她们就提着篮子走开了。她们既没有发现阿恩的斧子，也没有发现他的外衣。

那年的冬天，阿恩到牧师家去做木工。两个女孩也时常在那里见面，阿恩也时常会想到底是谁在追求伊莱。

有时，他为玛蒂尔德和伊莱驾驶马车，尽管他非常认真地想要听她们在说什么，但实际上她们的话他一句也听不明白。

玛蒂尔德问他是不是真的会写歌，他很快回答说："不，我不会。"之后女孩子们就开始笑起来。有一次，在舞会上，阿恩独自坐在大厅里，玛蒂尔德和伊莱都来参加，她们站在角落里，两个人窃窃私语，之后她们朝阿恩走过来，非常有礼貌地问他会不会跳舞，他又回答不会，她们就笑着跑开了，她们好像无时无刻都在笑。可在那不久之后，阿恩认为他应该要学习跳舞，所以他请牧师的养子 —— 一个大概12岁的男孩，偷偷教他跳舞。

伊莱有个弟弟，也是12岁，他和牧师的养子成为很好的玩伴，阿恩为他们制作玩具，还为他们做雪橇，他们也经常谈论有关姐姐们的事情。

有一天，伊莱的弟弟捎口信给阿恩，说让他把头发梳得整齐一些，阿恩问这话是谁让他说的，他回答是他的姐姐说的，但是不让他告诉阿恩这话是她说的。

过了几天，阿恩也让男孩捎口信给伊莱，说她应该少笑一点儿。之后，男孩回来传话，说他姐姐说阿恩应该多笑笑。还有一次伊莱的弟弟让阿恩给他一点儿自己写过的东西，所以他想都没想，就把之前写的歌词给他了，可是几天之后，男孩调皮地对他说，伊莱和玛蒂尔德都很喜欢他写的歌。

他吃了一惊，问："她们是从哪儿看到我写的歌的？"

"是你给我的呀！就在前几天。"男孩回答说。

于是阿恩又让男孩拿一些姐姐们写的东西来给他，之后他就用铅笔把里面的一些错误改正了，又把它放在女孩们容易发现的地方。

几天以后，他在自己的口袋中又发现了那张纸，并且在纸的最下面一行，用铅笔写着"由一个自大的家伙修改"。

第二天，阿恩完成了在牧师家帮忙的全部工作，回到了自己的家中。那年的整个冬天，他都变得非常温柔，让他的母亲觉得自从他的父亲死后，他从来没有这样过。

他还是像以前一样为她读经文，周末陪她去做礼拜，在家里的事情上，他样样都表现得非常好，于是母亲想弄清楚，到底是什么原因让他有了这么大的变化。然而阿恩却暗自打算，等到春天来了，就要离开家到外面去闯一闯。

他这样想着，可是第二天，就有人从伯恩送来消息，说希望他到那儿去做木工。于是他不假思索地答应了。等到送信人离去，妈妈问他："竟然是伯恩捎来的信，你不觉得惊讶吗？"

"这有什么奇怪的地方吗？"阿恩不明白。"是伯恩的消息呀！"妈妈又大声重复了一遍。

"伯恩又怎么样呢？和其他的地方没什么不同。"阿恩抬起头看着他的母亲。

"你还不明白吗？是伯恩和波吉特捎来的信！巴德·伯恩就是为了波吉特才把你爸爸的骨头打断的！"

妈妈的话让阿恩陷入了沉思，他们就站在那里怔怔地看着对方，之前关于裁缝的种种回忆展现在他们眼前，之后他们开始谈论爸爸年轻时那些辉煌的历史。从波吉特一直说到他的脊椎被打断的那场舞会。最后他们一致认为，这件事情不能够完全怨巴德，但事实确实是他让爸爸变成残疾的。

"这里可能也有我的责任。"阿恩心想，他更加坚定地要到伯恩家去。

他带上了木工的工具，踩着旱冰，朝伯恩家走去，他感觉那儿会是个美丽的地方，因为那些房子总是像新粉刷过一样，也许是这冬天让他感觉寒冷，但是房子的颜色却让他感觉很温暖，很安全。他没有直接走进去，而是绕到羊圈后边，那里有山羊在啃着树皮，牧羊犬在附近跑来跑去，不停地叫着。

阿恩想要拍拍它，让它安静下来，牧羊犬很听话地任由他抚摩。阿恩放下他的工具，走到了厨房里，地板上铺满了白沙和切碎的杜松，墙壁上的铜炉也闪着光，瓷器和陶器都整齐地摆放在架子上，现在仆人们正忙着做晚餐呢。

阿恩向他们说明来意，他希望先去见巴德，其中一个人指着起居室告诉他，巴德就在那里，他可以自己过去找他，于是阿恩走了进去。这间房间非常明亮，屋顶装饰着玫瑰花样。房间里面有一男一女，都在干活儿，男人正在缠木桶，女人则穿着紧身裙，把屋子里的玉米分成两堆。

"您好，工作愉快，"他摘下帽子，对男人说，"我是来做木工的。"那个人笑了笑，说："哦，欢迎你，阿恩·坎本。"

"他姓坎本吗？"女人突然叫了起来，意识到自己的失态后又马上低下了头。男人回答说："是的，他就是裁缝师尼尔斯的儿子阿恩。"之后又继续手里的工作了，女人很快站了起来，手足无措地走到了架子前面，接着又转到柜子后面，最后转身到了杂货柜前面翻着抽屉。她好像在找什么东西，把抽屉拉出来翻一遍，推回去，又拉另一个，在翻找的时候，她对丈夫说："你是要留他在这里工作吗？"

"是的，是我请他来做木工的。"丈夫回答说，然后他突然看到阿恩还站在旁边，就说："请你坐下吧，暂时先不用开始干活儿，咱们一会儿先吃饭。"阿恩表示感谢，就坐在了他的旁边，女人快步走了出去。

当门再度打开时，走进来的不是波吉特，而是伊莱，她刚进来的时候好像没有看见阿恩。她和父亲说了几句话，而巴德则一直在干活儿。伊莱现在更苗条了，身板也更挺直，她的手很小，手腕纤细，她把头发编了起来，穿了一件紧身的裙子。她是进来摆放餐具的，工人们在隔壁吃饭，而今天阿恩要和他们一起吃。

"你妈妈不下来吗？"巴德问女儿。

"我叫了，但是她还在楼上称羊毛。"

"你叫她来吃饭了吗？"

"当然，但是她说她什么也不想吃。"

于是午餐就只有他们三个人一起吃了。

吃完午饭之后，巴德开始交代阿恩工作。到了傍晚，他又和这家人坐在了一起，女主人和女儿正在缝什么东西，丈夫则在忙着应付一些琐碎的工作，阿恩在旁边帮忙。他们就这样静静地干了一个多小时。他发现伊莱一整晚不说话也不笑，和他以前见到的样子完全不同，于是他悲伤地想，自己在家里也时常是这么沉默。又过了一会儿，伊莱可能觉得气氛太压抑了，所以深呼吸了几下之后笑了起来，随即巴德也跟着笑了。这样的场面实在有些滑稽，所以阿恩也笑了。

他们开始聊天，可是很快就变成了只有阿恩和伊莱的对话，爸爸会时不时地插上几句，每当阿恩说话的时候，他就发现波吉特会默默地注视着自己。

很快就到了睡觉的时间，他们都回到了自己的房里。阿恩想着自己今晚会梦到什么呢？因为这是他在新地方睡觉的第一天。或许有些什么寓意吧。可是没想到的是，晚上他却梦到了巴德和他已经去世的爸爸，他们两个人正面对面坐着玩儿牌，他爸爸看起来脸色十分的苍白，好像在生气，但是巴德却笑着，用了许多的花招儿。

接下来的几天，阿恩都在伯恩家里干活儿，他做了很多事，说话却很少。他发现在这里不仅是客人，就连夫人，还有周围的人，甚至是那些最爱嚼舌的女人，都很少说话。院子里面有一只老狗，每当有人经过就会叫起来，但是不论家里谁听到这只狗在叫，都会过去让它安静。沉默是家里最明显的特点。

阿恩发现，巴德家有一个非常大的风向标，比他自己家的要大得多，但是却不会转动。每当大风吹来，风向标都在摇晃，可是却没法转动起来。阿恩观察了很长时间，最后他决定应该解开它。风向标并没有像他想象中系得那么紧，只是在上面放了一根棍子，防止它转动，于是他轻而易举地把棍子抽了出来，扔了下去，没想到的是，巴德正好从下面经过，棍子刚好砸到他。

"你在上面干什么？"巴德问道。

"我在解开系着风向标的绳索。"

"不要管它，那东西转起来，声音难听极了。"

"可即便是那样，我也觉得比什么声音都没有要好。"阿恩坐在屋顶上回答说。

巴德沉默了一会儿，之后笑起来，最后他收起笑脸说："如果一个人说话很难听，那还是不说的好。"这话一直到晚上，还回响在阿恩的耳边。

黄昏的时候，伊莱独自站在窗前，望着窗外在月光下闪着光的冰面，阿恩走到和她平行的另一扇窗户前，也向外眺望。这样的天气，外面寒冷刺骨，屋里温暖又安详，从远处可以看到牧师家射出来的光，星星低低地挂在夜空中，感觉离人们很近。湖边的矮松树影交错掩映着，好像是在雪上书写着自己的辉煌，一切都那么安静，时不时人们会听到一些呜咽的哭叫声。"那是什么声音？"伊莱问。

"我想是风向标的声音，"他就像自言自语一样，"也许是它太松了。"

接着，他沉默了一会儿，说出了那句他想说又一直不敢说的话，他问伊莱是否还记得那个关于画眉鸟的故事。

"当然记得。"伊莱说。

"那真是一个好故事，你讲得很好。"

"我时常觉得，如果一切都安静下来，我们就能够聆听到自然的歌声。"她说话的声音很轻，阿恩觉得自己第一次听到她真正的声音。

"没错，那才是我们灵魂中最美好的东西。"

伊莱看向他，好像他的回答有着特别的深意，他们就静静地在那儿站了很久。之后，伊莱用手指在玻璃上画着，问："你最近写歌了吗？"

阿恩脸红了，没有回答。

于是伊莱又问："你是怎么写歌的？"

阿恩说："你真的想知道吗？"

"是的，我非常好奇。"

"我会把别人并不在意的一些想法收集起来。"

"这真是太奇怪了。"伊莱嘴上这么说，心里面却想着，自己可能也有一些想法可以用歌曲来表达，但是她没有抓住它们。于是她又用手指在窗户上画着。

阿恩说："其实第一次见到你的时候，我就写了一首歌。"

"真的吗？是在哪儿？"

"就在牧师家后边，在你和玛蒂尔德分开的那个晚上，我在山坡上看见你乘船离开。"

她笑了起来，然后轻声说："可以让我听听那首歌吗？"

阿恩也笑了，他以前从来没有这样唱过歌，但是他还是将它唱了出来：

"维尼维尔人将赴恋人的约，他们步伐轻快……"

伊莱认真地听着，在阿恩唱完之后，他们又静静地在那儿站了好久，最后，她低声说："这真是太可惜了，这真是一首悲伤的歌。"停顿了一下，她用更小的声音说："希望我的命运不会是这样。"

阿恩说："不会的，写这首歌的时候，我更多的是想到了自己。"

"你认为你的命运会如此吗？"

"我虽然不太知道自己的命运会怎么样，但是感觉可能就是这样了。"

"这真是太奇怪了。"她一边说一边又在窗户上画着。

第二天早上，当阿恩走进房间吃饭的时候，他又走到了昨天伊莱所站的那扇窗户前面。屋里温暖又安详，房间里充满了面包的香味儿，而外面依旧寒风凛冽，窗户上结出了一层霜，他看见窗户上有用手指写下的字迹，全部都是他的名字。

第十一章　伊莱的病

过了几天，阿恩在院子里干活儿，听到其他人都在谈论牧师的女儿，原来玛蒂尔德去了镇上，本来打算只在那里待几天，但是她的妈妈却打算让她在那儿待上一两年。阿恩把他听说的消息告诉了伊莱，伊莱之前从没有听说过这件事，当时她就晕倒了。

阿恩从来没有见过人瞬间晕倒，他非常害怕，赶快去找侍女，之后又去找她的父母，当巴德和波吉特赶来的时候，屋子里面已经乱成了一团，狗也在大声地叫着。当阿恩回来的时候，伊莱的妈妈正坐在旁边，伊莱的爸爸用手托着她的头，想要唤醒她，而用人们在跑着拿东西，有的去拿水，有的去拿鹿角精，还有的帮她解开了夹克衫。

伊莱的妈妈哭着说："愿上帝帮助你，我的女儿。没有告诉你这件事都是我的错，本来我想告诉你的，但是事实并不像我想的那样。"她抬起头对丈夫说："咱们对她太严厉了，巴德你不懂，你不知道什么叫爱一个人。你什么都不懂，她是那么脆弱，无法承受悲伤，再微小的事情都会让她承受不了的。"巴德没有说话。"醒醒吧，我的孩子。你这样我们如何能不伤心？快醒醒吧，孩子，伊莱，我的孩子。"波吉特还在呼唤着伊莱。巴德一边看着阿恩，想让他离开屋子，一边对妻子说："好了，你不是喋喋不休，就是什么也不说。"阿恩读懂了他的眼神，但是他觉得既然用人可以待在这儿，他为什么不行，于是他走向了窗口，很快地，伊莱从昏迷中苏醒了过来，她茫然地看看四周，接着马上想起了一切，她大声呼喊着玛蒂尔德的名字，接着就号啕大哭起来，她的歇斯底里让人们觉得这间屋子里充满了痛苦。她的父母试图安慰她，但是一切都没有用，她朝他们咆哮着："走开！都是因为你们！我不喜欢你们！你们走！"

"上帝呀，你怎么能说不喜欢自己的父母呢？"妈妈哭喊着。

"为什么不可以？你们都对我不好，拿走了我所有的快乐！"

"别再说这么伤人心的话了，伊莱。"妈妈好像是在乞求。

"不！我现在就要说，你们总想把我嫁给那个坏人！我不想嫁给他，你们就把我关在这里，现在你们又把玛蒂尔德带走了。在这个世界上，她是我最亲近的人了。哦！上帝呀！如果我的生活里没有玛蒂尔德，我可怎么办啊！"

"可是你并没有经常和她在一起呀。"父亲说。

"那又怎么样？只要我可以从那个窗户看着她，她也从那里看着我，在不在一起，有什么关系？"可怜的伊莱哭着说道。阿恩从来没有见过一个人会哭得这么伤心。

"我以后再也不能站在那儿眺望那栋房子了。"伊莱哭着说，"以前每天早上，我都会去看看她。月亮升起，我又会站在那里眺望她。当我感到痛苦，没人诉说的时候，我就会站在那儿，看着她，我想她一定能够理解我的，哦！玛蒂尔德玛蒂尔德……"她在床上翻滚哭喊，歇斯底里地哭叫着，她的父母只好坐在一旁，无可奈何，只能让她以这种方式发泄自己的情绪。

所有人都以为，她哭闹过后一切都会过去，可是，到晚上的时候，他们才发现，她是生了病，而且病得很重，也许她已经病了好一阵子了，只是没人发现。

阿恩帮着把伊莱抬到楼上，放到房间的床上。她看起来十分苍白虚弱，只能静静地躺着，她的妈妈坐在床边，握住她的手，而她的爸爸看了她一会儿，就去工作了。阿恩也没有理由一直留在房间里，他也只是站在边上，看了她一会儿，就出去干活儿了。到了晚上，他为伊莱向上帝祈祷，希望她能够一直快乐地活在这个世界上，谁也不要夺走她心爱的东西。

在之后的几天里，阿恩听说伊莱最近开始说胡话了，她烧得很厉害，不认识人，也不吃东西。家里人商量着是不是应该请医生来看看。又过了几天，伊莱的情况有了一点儿好转。上午，当她的父亲在照顾她的时候，她突然说想要把玛蒂尔德送给她的那只小鸟放在床边，那样会让她感觉好一点儿。可是父亲告诉她，因为她突然病得这么厉害，全家人都手忙脚乱，大家把鸟笼忘记了，所以那只鸟现在已经不在了。他说这些的时候，母亲正好端着药进来，她听到了巴德说的那些话，她马上站在门口高喊起来："天哪！你为什么要把这么悲惨的事告诉她？！看啊！她又晕倒了，哦，我的上帝，求求您宽恕他吧。"

当伊莱再度醒来的时候，她还是哭叫着要那只小鸟，她说死亡对玛蒂尔德是个很不好的预兆，她想现在就去镇上看她，可是她的身体经不起这样的折腾，她再度陷入了昏迷。巴德眼看女儿的情况越来越糟，很想为她做点儿什么，可是妈妈把他推了出去，他伤心地一个人站在门外。

不久之后，牧师和他的妻子也赶来了，因为伊莱实在病得太严重了，他们担心这会变成生死攸关的事。

牧师和妻子看望完伊莱，又和巴德谈了关于伊莱的情况，他们表示他们夫妇对她实在太严厉了。当他们听说巴德把有关鸟的事告诉了伊莱的时候，牧师非常愤怒地说："这个做法实在是太粗野了！"而且明确地提出，只要伊莱好起来，他就要接伊莱去他家住。牧师的夫人一直在哭，几乎都没有抬头看其他人，他们请来了医生，之后又一天好几次地来传达医嘱。巴德经常在院子里不安地走来走去，他和他的妻子也一直没有说话，甚至看都不看对方，他们只是会上楼去看伊莱。可是，伊莱却只是面色苍白地躺在那儿，高热让她昏昏沉沉了好多天。

阿恩原本以为，在一个家里，不论是夫妻，还是父母与子女，他们总会有许多话要说，可是在这段时间里，他觉得非常不舒服。他决定要回家去了，尽管他也很关心伊莱的病情，可是后来他想，即便是回去了，也可以知道她的情况，所以他就去向巴德辞行。

他在柴堆的旁边找到了巴德，他正用卡风向标的那根棍子在地上写写画画。

阿恩把自己的想法告诉了他，他也同意，虽然说他认为现在不想让阿恩回去，可是阿恩确实没有什么必要再留在这里了。之后他请阿恩坐下，说："最近我常常想起你的父亲，我想也许你知道我们之间发生了什么。"阿恩回答说："是的，我妈妈告诉过我。"

可是巴德却说："哦，和我想的一样，你并不知道全部的故事，因为我认为，我还是应该负很大的责任，对你父亲。你刚来到这儿的时候，我就觉得，你到这里来解开风向标实在是太奇怪了，你的举止很像你父亲。

"在我14岁的时候，我认识了你的父亲，他的举动是那么疯狂，他甚至不能忍受世界上有任何人比他强，所以他总是看我不顺眼，因为很多时候都是我拿第一，他拿第二。

"在坚信礼考试之后，他经常主动提出来要和我较量一番，可是我们从来没有较量过。可能是那时的我们对谁胜谁负都比较在意，对自己也没有那么大的信心吧！奇怪的是，这么多年来你的父亲没少打架，却一直没什么意外发生，而我第一次打架就被揍得很惨。说心里话，当时我的真实想法，就是期盼着和你的父亲真正打一架，好好较量较量。

"那时我们都还年轻，裁缝尼尔斯的舞步远近闻名，他总是最受瞩目的，女孩们都围着他，他身边有不计其数的女孩子，可是真正让我倾心的只有一个人，就是我现在的妻子。可是每次舞会，或者其他的聚会上，尼尔斯都要从我的身边把她带走。而我就坐在旁边，压抑着自己的怒火，我非常渴望和他真正较量，可我又担心自己会输，因为我知道，如果我输了，我就会失去她。

"我不断地练习，让自己比他力气更大，踢得更高。这些我都可以做到。可是很多次，当他把她带走，我还是不敢向他发起挑战。即使他像他表现的那样对她很好，我的心还是不能够相信他，因为他一而再再而三地伤害她，他不停地和女孩子纠缠。直到最后那一天，一切爆发了，他受到了重创，比我想象的重得多，从那之后我就再也没有见过他。

"那件事情之后，我向波吉特求婚，她没有拒绝我，但是也没有接受我，可我觉得，这以后会改变的，所以我们就结婚了。我们的日子过得很好，因为她继承了姑妈家的财产，而我也有了很多财产，我们放到一起经营，我们的日子过得很好，可是很多事却不像我想的那样。刚结婚的时候，她总是表现得安静又哀伤，我不知道该怎么安慰她，所以我只是默默地看着她，可有的时候她会非常烦躁，现在这一切愈演愈烈。我知道，我们结婚后没有过上一天真正开心快乐的日子，可这样的生活已经持续了二十年。

"现在我的女儿也渐渐长大了，我能够感受到，她哪怕是和陌生人在一起，也要比在家里快乐。我不愿意强行让别人按我的想法去做，因为每次这样结局都很糟。正像伊莱小的时候，妈妈渴望见到自己的孩子，即便我们之间仅仅隔着湖，可是正像后来我说的，她在牧师家接受的教育某种意义上来说对她并不好，但是这一切都已经晚了，因为她既不喜欢她的爸爸，也不喜欢她的妈妈。

"我本想让她不要和玛蒂尔德当面说再见，那对她来说，是很大的伤痛，可是我错了；小鸟死了，我觉得自己应该向她坦白，可是我又错了。为什么我做的每件事情都是错的？我只是想做好而已，可结果都是最坏的。我活该承受这孤单，因为我的妻子和女儿都觉得我差劲极了。"

这时候用人向他们喊："晚饭都要凉了。"巴德站起身来，又恢复了往日的样子。而阿恩不确定刚刚巴德是不是对他说过话。

第十二章 春天就在不远处

伊莱的病渐渐好了起来,但是她仍然非常虚弱,妈妈日夜不停地照顾着她,甚至都不再下楼,其他人则是上楼去看她,阿恩还没有离开,晚上的时候,他常常和巴德坐在一起,他开始觉得巴德是个非常不错的人,虽然没有说出来,但是他对巴德心生敬佩。

现在伊莱已经能够每天自己起来坐一段时间了,随着她的康复,她的想法也变得多了起来。一天傍晚,阿恩在楼下的房间里轻轻地唱着歌,伊莱的妈妈忽然走了进来,邀请他上楼,说伊莱希望他能够把歌声带到她的身边。

自从那天伊莱晕倒之后,他就再没有上楼看过她,他不知道现在伊莱变成什么样子,他也不敢想象看到她时他会怎么样。可是当他走到门口,发现屋里很黑,什么都看不见。

伊莱听到了他的脚步声,小声地问:"是谁?"

"是我,阿恩·坎本。"他谨慎地回答。

"妈妈能请你过来,真是太好了。"

"你现在感觉怎么样？"

"我已经好多了，谢谢你的关心，不要站在门口，请坐吧！"

阿恩摸索着，坐在了床边的凳子上。伊莱说："刚刚我听到了你的歌声，你愿意在这儿为我再唱一首吗？"

"当然，请告诉我，你想听什么歌？"

她想了一会儿，然后说："唱一首圣歌可以吗？"

于是阿恩唱起了坚信礼圣歌，唱着唱着，他听到伊莱在低声地抽泣。他停下来，可是伊莱却说："如果可以的话，能再唱一首吗？"然后他就又唱了一首新教徒唱过的歌。

唱完后，伊莱轻轻地说："当我躺在这儿的时候，我想了很多的事情。"她轻轻叹了几声，说："我以前多么傻呀，我对爸爸和妈妈知之甚少，我怎么能够那样对待他们？听了这些歌，我觉得很难过。尤其是现在这样，你有没有觉得在黑暗中虽然看不到对方的脸，但对话却能够更真诚？"

"是的，你能这么说真是太好了，你的心意他们会知道的。"阿恩回答道。

伊莱明白他指的是什么。于是她又说："如果不是发生这次的事情的话，真不知道还要过多久，我才能够明白妈妈对我的爱。"

"你们每天都在沟通吗？"

"是的，我们每天都在谈这些。"

"那你肯定知道了很多事情。"

"是的，可以这么说。"

"她提到了我的父亲吗？"

"嗯。"

"她心里还记着他？"

"她从来没有忘记过。"

"可是他对她很不好。"

"妈妈太可怜了。"

他们沉默了一会儿，阿恩在想着要不要把那些事情说出来。就在这时，伊莱说："听说你和你的爸爸很像。"

"大家都这么说。"

"那他也会写歌吗？"

"不知道，也许不会吧。"

"能不能为我唱一首你自己写的歌？"

"我没有自己写过歌。"阿恩习惯性地推脱，不想承认。

"我知道你写过，而且如果我再要求的话，你一定会唱给我听的。"他以前从没有为任何人唱过，可是现在他改变了主意，他决定为伊莱唱一首歌。

枝头的花苞已经变成了棕色。"我要带走它们吗？"霜冻走过这里，自言自语。"千万不要，请让它们开放吧！"大树乞求着，树叶不停颤抖。

大树绽放了满树的鲜花，鸟儿绕着飞舞。"我能带走它们吗？"北风走过这里，自言自语。"千万不要！请让浆果长出来吧！"大树哀求着，树叶纷纷摇落。

仲夏时节，大树挂满了浆果。女孩说："我能摘走它们吗？""当然可以，请把它们都带走吧，这都是为你准备的。"大树说着，低下它满是果实的枝丫。

这首歌仿佛压在了阿恩心中很久，当他唱完这首歌，他感觉几乎要喘不过气来。过了好一会儿，女孩说："阿恩，你能教我写歌吗？"

"你没试过自己写吗？"

"在生病之前尝试过，可是我写不出来。"

"那你想写关于什么的歌？"

"我想写我的妈妈，因为她仍旧深爱着你的父亲。"

"这真是个令人伤心的主题。"

"是啊，我还曾为这个哭过呢。"

"当你不再寻找的时候，主题就会自己出现了。"

"怎么自己出现？"

"就像其他的事情，很重要的事情，总是不经意间就出现一样。"

他们都沉默了一会儿。伊莱说："阿恩，你是不是渴望到外面去？我能够感觉到你的内心世界非常丰富。"

"你怎么知道我渴望出去？"

她没有回答，只是静静地躺在那里。黑暗中的沉默持续了很久，她用恳求一般的语气说："阿恩，请你不要离开。"她轻柔的话语，温暖了阿恩的心。"你的妈妈一定很爱你，她应该也不希望你离开，如果有机会的话我想要见见她。"

"当然可以，等你的身体好了，就来坎本吧！"

忽然，一幅景象出现在他眼前的黑暗中，他想象伊莱坐在明亮的房间里，她可以看到坎本远处的高山，他不知道自己为什么会想着这个画面，他感到自己的血在往头上冲。于是他站了起来说："那里非常暖和。"

"你为什么站起来了？现在你要离开吗？"女孩惊慌地说。于是阿恩又坐了下来，"无论如何，你都要经常来看我们，妈妈很喜欢你。"伊莱说。

"是的，我也喜欢这里，可是我还有一些事要处理。"

伊莱又静静地躺在床上，似乎在考虑着什么，他们觉得房间变得越来越热，墙上的钟表依然在嘀嗒，听不到一点儿其他的声音。这时他感觉到自己的眼前又闪现出了明亮的火花，他都能够听到自己的心跳，他觉得自己必须要站起来，或者说一些什么。可这时候伊莱高声说："如果现在是夏天就好了。这样的话，我就可以坐到山上，我想我能够唱歌。"想象又在阿恩的眼前展开了画卷，他仿佛看到伊莱坐在河边，看到在夏夜里闪闪发光的河流湖泊和那些明亮的房子。于是他问道："你会唱什么歌？"

"我想唱一些……积极向上的歌，嗯……有关……我自己现在还不太清楚。"

"告诉我！伊莱。"阿恩有些激动，他站了起来，之后又重重地坐了下去。伊莱笑了起来，说："这首歌不是我写的。"

"那是别人写的了？"

"嗯，是这样的。"

"那么你更要告诉我这首歌的内容。"

"不！不！别再问我了，我不能说！"他听到伊莱钻到了被子里，或许她已经用被子蒙住了头。

"刚才我已经为你唱了那么多歌，现在你可不能这样对我呀。"他笑着说，然后站了起来。

"不不！我不是这个意思，现在你还不明白，但是……或许下次……哦，不要逼我，拜托！不要离开！"她又哭了起来。

"你怎么了？伊莱，你是不舒服吗？"可是她却还在哭，没有回答。他轻声呼唤着她的名字，他听到她已经止住了哭泣，可是却不知道该说些什么。阿恩靠近了她，说："伊莱，现在，我很想，我很想握着你的一只手。"他说得很犹豫，但是语速很快，女孩没有回应。阿恩慢慢靠近了床，然后紧紧握住了那只放在床边的小手。

这时他们听到门外传来脚步声，门被推开了，妈妈拿着蜡烛走了进来，她把烛台放在了桌子上，说："对不起，让你们在黑暗中待了这么长时间。"一时间，他们都无法适应这光亮，女孩把脸埋在了枕头里，而阿恩则用手遮着眼睛。

第二天一早，他听说伊莱打算下午到楼下来，他把东西收拾在一起，然后就和巴德家告别了。等到伊莱下楼的时候，他已经离开了这里。

第十三章　玛吉特前往牧师的家

　　高山上的白雪总是不容易化，仿佛这里的春天来得特别晚。鸟儿虽然已经飞回来了，可是气候仍然寒冷，人们观察着季节的变化，抬头看看太阳和周围的植物，想着自己每天能做的事情，他们在雪上撒上灰。这个时候踩着雪来到牧师家的是玛吉特·坎本。牧师把她请进书房，请她坐下，给她倒了一杯热茶，问："还是关于阿恩的事情吗？"

　　"是的，我不会说他任何不好，但是这件事太让人伤心了。"玛吉特说着，看起来特别地沮丧。

　　"他还是渴望到外面去吗？"

　　"或许比那还要糟糕，我想也许他不能跟我待到明年的春天了。"

　　"可是他曾经承诺过不会离开你。"

　　"是的，他是那么说过，但是现在他有了自己的打算，如果他决定要离开这里，那他一定会走的，到那个时候，我可怎么办呀？"

"可是我认为他是不会走的。你是怎么知道他现在决定必须要走了呢？"

"哦，有很多的迹象，从冬天开始，他就没有在家里的教区工作过一天。他去了镇上，每次都待很长时间，现在他在工作的时候一句话也不说，以前可不是这样的。他还常常一个人站在窗户前几个小时，也不知道他在眺望什么，每个星期天他都会坐在那儿。晚上的时候，如果有月色，他会坐在窗前直到深夜。"

"他没有再读《圣经》给你听吗？"

"有的，他会读给我听，也会唱给我听，可是不再像以前那么用心，总是匆匆忙忙的。"

牧师在房间里踱来踱去，思考着她说的话。之后，他问："既然他让你这么忧虑，为什么不去和他谈谈他想要出去的事情呢？"

玛吉特没有回答，很长时间，她都在调整自己的情绪。之后她长长地叹了几口气，把手绢叠了起来，对牧师说："敬爱的牧师，今天我到您这儿来，是想跟您说一件压在我心头多年的事。"

"好啊，把你的困扰都说出来吧，这样你就会好起来。"

"您知道，这些年我一直都在默默地承受着一些东西，可是现在，我觉得越来越沉重了，压在我的心上，我不得不忏悔。"说完这句话，她就哭了起来。

"亲爱的玛吉特，我们可以一起来祈祷，祈求获得宽恕，只要你把自己的事情原原本本地讲出来。"牧师安慰她说。

玛吉特抽泣了一会儿，慢慢地，在牧师的鼓励下，她开始讲述。

"一直以来，阿恩都希望能够到外面去，起初那只是他脑海中一个模糊的希望，直到他遇到了克里斯丁。阿恩的好朋友，克里斯丁在淘金的地方发了大财，他曾经给了阿恩很多书，他也非常博学。在那段时间的傍晚，他们常常在一起，讨论知识和外面的世界。当克里斯丁走的时候，阿恩也很想跟他一起出去，但是他的爸爸刚刚过世不久，我恳求他不要离开，他也给了我承诺。可是我知道从那时起，他的心就已经飘到了外面，甚至是在夜里，我都时常发现他的床是空的。

"就在我万般纠结的时候，我收到了一封从外面寄来的信，我知道那一定是克里斯丁写给阿恩的。愿上帝宽恕我，我把这封信藏了起来，我想只要藏一封就好了，可是紧接着，第二封信也寄到了家里，所以我必须把第二封信也藏起来。就这样，我藏的信越来越多……天哪，我常常梦见我放到盒子里的那些信在早上自己跑出来。不论我睁开还是合上眼睛，这些信都萦绕在我的眼前，你听过比这更糟糕的事情吗？我每天都十分痛苦，我想着只要有一封信被阿恩看到他就会离开我。我们一起坐在家里的时候，我害怕每一个走进来的人。当门铃响起，我都会害怕得颤抖，害怕是谁拿着信走进来，害怕信会被他看到。

"阿恩长得和他爸爸年轻时一样，那么英俊，而且他还有一副好嗓子，当他独自坐在夕阳的余晖里，对着山岭唱着自己的歌，听自己的回声，我感觉到那么的温暖和舒适，我的生命中不能没有他，只要看到他，我就觉得已经满足了。

"可是上帝呀，我却欺骗了他，我对我的孩子犯了错。有一天，邮局传来消息说，有一封带着汇款的信件，汇款是两百美元。这个消息让我几乎瘫坐在地，我能做什么呢？信我可以藏起来，可是钱怎么办？因为这件事，我好几个晚上睡不着觉，我把这两百美元一会儿藏在阁楼里，一会儿藏在木桶下，甚至我还把它们分开藏到窗户边上，生怕阿恩会看见。最后，我把钱给了他，骗他说这是外婆之前长期存款得到的利息，希望他能够投入到农业生产里。正像我想的那样，他把钱投到了田地里，这也不算是浪费。但是就在那个秋天，一切都收获完了，有一天晚上，他坐在家里，看见我回来，他和我谈起了克里斯丁，他不明白，为什么克里斯丁会把自己忘得一干二净。

"听到他这么说，我的心都要被撕碎了，我感到我的心被那些钱烧得滚烫，我不得不马上离开房间，我的罪恶太深重了，而且这罪孽没有尽头。从那以后，我连他的眼睛都不敢看。"

"哦！可怜的玛吉特！对自己的孩子犯错，是世界上最痛苦的事情。"牧师说。

牧师对玛吉特的话感到非常吃惊，八年以来，除了这件事，他几乎没有考虑过别的，他对玛吉特说："你这么做确实不对，你不应该保存本来属于你儿子的东西，而且还不告诉他。现在让我们一起来祈求上帝的宽恕吧！"

玛吉特握着手绢，低着头坐在那儿，她说："我怎么样才能祈求他宽恕我呢？"这个时候，她已经把上帝和阿恩弄混了。

牧师笑着说："难道你不害怕，忏悔的时间推得越长，你的罪就越重吗？"

听到这句话，玛吉特哭了起来，她用力扯着手绢，说："可是如果我向他坦白，他就会离开我了。"

"我看你是更害怕他离开你，而不是自己继续犯这种罪吧？"

玛吉特再也忍受不住，她把手绢摊开蒙住自己的眼睛大哭起来，之后断断续续地说："是的，我是这么想的。"

牧师微笑着站起来，走到她的身边，安慰她说："玛吉特，勇敢一点儿，我相信一切都会好的，上帝不会再试探你了，我敢肯定你的晚年生活会很幸福。"

她抬起满是泪水的脸，说："只要他能够留下，能够一直这样，我就已经很幸福了。"

牧师说："如果现在有一个小女孩能够把他迷倒，我肯定他会留下的。"

"我也曾经这么想过，可是……"她说着摇了摇头。

"你觉得伊莱·伯恩怎么样？"

"这个我也想过。"她说着把手里的手绢绞在一起。

牧师说："如果我们设计让他们在这儿多会面，比以前更加频繁地接触呢？""我也曾经这么想过！"她为自己能够和牧师的想法不谋而合高兴。

"好了，这可能就是我们今天谈话的原因了。"牧师笑着说，"如果上帝肯帮助你。那么现在，你愿意做良心的忏悔了吗？"

她马上又捏起了手绢，说："啊，现在还不行，这件事情压得我喘不过气来，我觉得，我必须要当着您的面解决。"

"好吧好吧，我们一起来解决这件事情。"牧师笑着说，"愿上帝保佑你。"她起身准备离开，她觉得牧师已经把她想说的都说了。"非常感谢您，我不知道要怎么样表达了。"她眼含热泪，握住了牧师的手。

"愿上帝与你同在。"牧师把她送到了门口。

第十四章　失而复得的歌曲

坎本是个非常美丽的地方，它处在平原的腹地里，一边连着峡谷，另一边挨着大路，在路的旁边是茂密的森林，森林的后边是高高拱起的山脉。山脉的另一头，环绕着黑水河。

阿恩负责经营正对着路的一处住所，住所的前面是一个小花园，他正在经营着这座花园，还有牛棚和谷仓。春天已经来到了这里，这是一个星期天的早上，天气温和，浓雾环绕。玛吉特说当太阳出来浓雾就会散去。这天阿恩感觉心情很好。

他大步走着，要去牧师的家里，其实并没有什么重要的事情，但是最近他读到了几个在美国淘金成功的挪威人的名字，其中就有克里斯丁，他的朋友，他听说克里斯丁最近快要回来了，他觉得可以和牧师打听这方面的消息。

他边走边想，如果克里斯丁真的回来了，那么他可以在春天收干草的空隙去看望对方。他一直这么想着，直到眼前的景色变成了黑水河和伯恩。山峰高耸着，阳光已经照进了平原，照亮了整片湖水，虽然浓雾还没有散去，但是他觉得他已经看到了那座红色的房子。他突然想起他坐在伊莱的病床边，看到的想象中夏天的景象。他想要摆脱这些想法，因而他更加大步地朝前走，直到走得汗流浃背。他停在山后树荫的草地上，回头看着伯恩，但是他很快转过头，不想让自己再这么看下去。

这时从远处传来了清晰的歌声。他觉得这歌声又清晰又熟悉，曲调是他最喜欢的，而那些歌词也是从小就盘踞在他脑海中的，可是这歌词却在被写出来的那天被悄然遗忘了。他努力寻找着，似乎想要抓住它们。他试图让自己安静下来，静静聆听，那一段段的歌词，唤醒了他曾经的记忆：

当我越过高山，我会看到什么？只有白雪皑皑的山峰和长满松树的悬崖。希望有一天，我能够站在山上，接近遥远的天空。

老鹰正从远处高高飞起，越过高山，它雄健地扇动着翅膀，扑向远方的猎物。

苹果树不想翻过高山，它长在夏日的光辉里，等待着冬雪的洗礼，尽管鸟儿在枝头歌唱，但没人懂得它们唱的内容。

二十岁的小伙子，渴望越过高山，他看不到背后的山脉越来越小，鸟儿在枝头嬉戏，他捕捉到了它们的声音。

鸟儿啊鸟儿，你为什么要越过高山来到这里？你本可以在阳光下飞翔，在接近天空的地方筑巢。你为什么宁愿舍掉翅膀，也要来到这里，你究竟渴望着什么？

我要不要越过高山？山崖会是我的坟墓吗？直到藤蔓裹着我的尸体，躺在你的脚下。

离开，现在就离开，我要远远地走开。我每天的日子都在下沉，尽管我的灵魂已经选择了高尚的方式，请让它飞翔吧。不，或许我要敲击着这悬崖直到死去。

我知道总有一天我会越过高山，上帝呀，你的大门已经打开，家是如此温暖，但是请再为我阻拦一会儿，我正向您走来。

阿恩站在那里，静静地听着，直到最后一段歌唱也慢慢消失，他一动也不敢动，他想知道，是谁在唱这首歌，他小心翼翼地走着，就这样走过了小山，走到了一片灌木丛前，他的心脏剧烈地跳动，他俯下身去，屏住呼吸，好像一片树叶都会被他打扰。忽然，他感觉世界都安静了，因为他看到唱歌的人是伊莱。

伊莱穿着一件黑色的紧身裙，袖子却是白色的，她戴着一顶草帽，在腿上放着一本书，一束野花压在书的旁边，她一只手轻轻地抚摩着那些花，另一只手托着脸颊，她朝鸟儿刚刚飞过的那片天空看去，眼睛流露出淡淡的哀伤。阿恩从来没有梦到或见到过这样的情景，他惊呆了。太阳把自己的光芒洒向了她，那首歌曲的音调，好像还在围绕着她。再没有比这更美的了。阿恩觉得自己已经没有办法呼吸了，他的心都快要停止跳动，他的大脑无法思考，这是多么奇怪的事啊，寄托了他所有渴望的歌，连他自己都忘了，却被伊莱找到了。

他不想去牧师家了，他也不想知道任何有关于克里斯丁的事，他也不想回家，他哪儿都不想去，他就想待在这里，看着她，"天哪，我太难受了。"

接着，伊莱又唱起了另一首歌，她站起来大声地唱，边唱边挥舞着那束花跳舞，黄蜂也围绕着她的花，她拿起那本书，哼唱着阿恩熟悉的旋律，他能听出那首歌是《树上早开的花蕾》：

仲夏时节，大树挂满了浆果。女孩说："我能摘走它们吗？""当然可以，请把它们都带走吧，这都是为你准备的。"大树说着，低下它满是果实的枝丫。

　　她边唱边旋转着跳舞，这时候阿恩多想跳出来，出现在她眼前，和她一起歌唱。可是这时她却跳着走开了，她一边唱一边走过山丘，摘下一朵花，抚着一丛草。可是，他不敢跟着她，他俯下身去，过了很久，他才抬起头来看向她。可是她已经走了。他想起了采坚果聚会上听到的一个故事，他觉得自己真是一个可怜的人。

第十五章　未来的家

在一个周日的晚上，玛吉特从牧师家出来，她向院子里走去，伊莱和她的弟弟正在那里和牧师的儿子玩耍。

"晚上好，"她对孩子们说，"愿上帝保佑你们。"

"晚上好。"伊莱站起来回答说。

玛吉特对她说："我想我认识你，你就是伊莱·伯恩，对吗？"

"是的，我就是。"

"哦！你长得和你妈妈真像，"玛吉特看着她说，"你可能还不认识我吧？"

伊莱努力辨认着，但是由于她年长自己很多，不好意思直接问她的名字。

"你应该没见过我，我们这些老人不经常出来走动，但是我的儿子，阿恩，你该知道吧？我是他的妈妈。"

伊莱一听到阿恩的名字突然变得很悲伤，她轻轻地说："是的，阿恩曾经在伯恩工作过。"

"是啊！没错。今天晚上天气可真好，如果你不介意的话，愿意陪我走一段路吗？"

伊莱不好推托，虽然第一次见面就被要求做这样的事情有一点儿不好意思，但还是随着她朝田地走去。她们望着成捆晾着的干草，问了问牧师家牲畜的事情，又顺便提起了阿恩，玛吉特说："这些年坎本的农场也扩大了不少，几乎是原有的两倍，阿恩养了十二头奶牛，本来他可以再多养一些的，但是因为他读的书很多，他想根据书上的方法来管理。"正如预料的那样，伊莱什么也没说，这时她们已经离牧师家很远了。玛吉特说："太阳还有好几个小时才会落山，如果你愿意的话我们可以再往前走一会儿。"就这样，玛吉特又开始和伊莱谈起了阿恩，她不断地说着阿恩读了多少书，多么善于唱歌，这时候，伊莱已经站住了脚，她觉得现在她必须回去了，因为已经离牧师家很远了。

可是玛吉特却对她说，再有半英里①就到坎本了，既然这么近，她们又聊得这么开心，希望伊莱能够到她家去做客，她还承诺一会儿会有人送伊莱回去的。

伊莱虽然不太理解这位母亲的热情，但还是答应了。"只要不太晚回家就行。"她说。

她们又往前走着，已经能够听到瀑布的声音了，前面是一片平原，中间坐落着一座有着白色窗棂的红色房子，地上的干草已经打成了捆，牛羊都回家来了，它们的铃铛叮当作响。

"那就是坎本吗？"伊莱指着前面问。

"是的，这就是坎本。"

"这里可真漂亮！"伊莱欢呼着，她一边说，一边走向通往房

_____
①1英里约为1.61千米。

子的小路，那里有一座非常漂亮的花园。玛吉特向她介绍："这两旁的树，都是尼尔斯种的，因为他希望一切都变得美好，阿恩也是这样……"可是伊莱却没心思听，因为她正满心欢喜地看着花园。

　　玛吉特看了一眼窗户，确信家里面没有人，她想："必须要快一点儿了，否则就会太晚了。"她牵着伊莱的手，把伊莱领进了房子。她们一起走进了阿恩和妈妈的起居室，房间虽然不大，但是布置得十分温馨，窗户朝着大路，每个房间里都有钟表和火炉，墙上还挂着阿恩爸爸的小提琴。参观完楼下，玛吉特提议说："让我们一起到楼上去看看吧，那儿有好多好东西。"

　　跟楼下的房间比起来，楼上的看起来更为舒适，这里的一切都是全新的，好像还没有人住过。伊莱之前对玛吉特的介绍都不置可否，但是现在，她亲眼看到这里布置的一切，都十分喜欢，她满心欢喜地看着这些东西，同时对其他的东西越来越感兴趣，直到玛吉特找到了阿恩房间的钥匙。她们走进了房间，玛吉特拍了拍伊莱的肩膀，说："在今天之前，我虽然没有见过你，但是已经非常喜欢你了，孩子。"她一边说，一边深情地看着伊莱的眼睛。伊莱还不知道这到底是什么意思，但是她感到非常害羞，玛吉特则拉起她的手小声说："看，这里有一个小小的红箱子，里面的东西十分珍贵。"

　　伊莱看了一眼箱子，它小巧方正，十分可爱，她也很好奇里面装了什么。"让咱们一起来打开看看。"玛吉特说。之后她在阿恩的衣服箱里摸摸找找，最后从一件天鹅绒马甲里面找到了一把小巧的钥匙。

　　她轻轻打开了箱子，有一股甜香的味道瞬间散发出来，最上面放着的是一块手绢。阿恩的妈妈把它拿了起来。"来看呀，"接着又拿出了一条女士戴的黑色丝绸围巾，"看来这是给女孩子的。"她说。紧接着又拿出了一条，她把它围在伊莱的脖子上，让她试试，但是伊莱却赶忙拒绝了，她低着头，十分地害羞。"看呀。"接着，玛吉特又拿出了一些漂亮的缎带，这时候伊莱的脸开始涨得通红，什么话也说不出来。玛吉特还在从箱子里往外拿，这次是一块黑色的上好的布料，可以用来做连衣裙，她把布举起来让光线透过布料。伊莱感到她的心扑通扑通地跳着，血液冲到了头上，她已经预感到了，为什么阿恩的妈妈要让她看这些。

"他每次到镇上去，都会带回来一些东西，"阿恩的妈妈说，"我知道，这些漂亮的东西他一件一件地买来，是要给一个自己不敢给的人。他一直把这些锁在箱子里。"

"我感觉有一点儿热。"伊莱小声地说着，她看看玛吉特，又看看这些东西，她几乎无法呼吸了。

"哦！这个箱子还有一个夹层，我们来看看这里放的是什么。"说着，她小心地把盖子打开。

有两枚金戒指，被一根很宽的腰带扣穿了起来，放在一本用天鹅绒和银扣包裹的圣歌书上，但是伊莱没心思仔细看这些东西，因为在书上的银牌上面刻了几个小字：伊莱·巴德尔兹达特尔·伯恩。

玛吉特还希望再带伊莱看一些别的东西，可是伊莱已经不能再挪动一步了，她的眼泪滴在了丝巾上，又向四周滚落下去。她把头靠在玛吉特的肩膀上，玛吉特把手里的盒子合上，盖好，转身把伊莱揽在了胸前。就这样她们拥抱在了一起，哭泣着，谁也没说一句话。

她们为对方擦着眼泪。伊莱在玛吉特的安慰声中和她一起走下了楼，她们坐在客厅里，晚饭已经准备好了。就在这时，阿恩回来了。他一进屋就看到了坐在角落里的伊莱，他站在门口一动不动。"你怎么到这儿来了？"他一面说，一面向她走去。伊莱站起来，没有回答，眼泪却簌簌地流了下来，她把头抵在阿恩的胸膛上，用手环住了他的脖子，说："这是幸福的泪水。"

第十六章　双重婚礼

　　秋收的工作接近了尾声，人们还在运输剩下的玉米。这是一个晴朗的周六，夏日的空气清新又温和，今天有很多人乘船沿着黑水河向教堂驶去，男士们都穿着体面，打着领结卖力地划着船。女士们则系着浅色的围巾坐在船头和船尾。但是更多的船要向伯恩划去，因为今天要在那里举行伊莱·伯恩和阿恩·尼尔斯·坎本的婚礼。

　　巴德家的房门全部打开，人们忙碌地进进出出，孩子们手里拿着蛋糕，穿着崭新的衣服，远远地看着对方，还有一位老妇人，孤独地坐在储藏室后面的台阶上哭泣。人们认出了那是玛吉特·坎本，她的手上戴着很多戒指，她一边哭一边看着自己的手。那是在她结婚的时候，她的丈夫把这些送给了她，今天是她第二次戴上它们。

　　屋里边有两位男傧相不断地为来客提供点心，他们是牧师的儿子和伊莱的弟弟。女孩子们都在楼上忙活着，新娘的房间里站着牧师夫人和玛蒂尔德。玛蒂尔德刚刚从镇上赶回来，她穿着伴娘服，毫无疑问，这是她们从小就约定好的。

而新郎此刻却站在一楼的房间里，那个伊莱写满他名字的窗户前，他靠着窗台，望着平静的湖水和远处的教堂，他身着一套制作精良的西装，戴着大圆边的黑帽子和爱人亲手做的领圈。

　　在屋外的厨房门前，有两个人迎面撞在了一起，一个是高个子的巴德，另一个则是他的妻子——波吉特。他们似乎都有一点儿不好意思，也好像都有话要跟对方说，但是欲言又止，之后巴德示意他的妻子跟他走上楼，在楼梯间里，只有他们两个人。等到妻子进来之后，他随手锁上了门，可能是为了避免视线交错，波吉特的眼睛始终望着窗外，巴德从口袋里拿出了一个小银杯和一小瓶酒，他把酒倒在了杯子里一些，递给他妻子，但是妻子却没有接，这是之前牧师送给他们的酒。

　　见妻子不喝，他就自斟自饮喝了几杯，之后把瓶塞盖好，又连同杯子一起放回了口袋。他坐在旁边的箱子上，仿佛是鼓励自己，他深深地吸了几口气，一字一顿地说："今天我非常开心，我觉得我们有必要开诚布公地谈谈，我们已经很久没有这么说过话了。"

　　波吉特转过身看着他，一只手撑着窗台。巴德接着说："今天早上，我不断地想起裁缝尼尔斯，是他把我们分开，也是他让我们结婚。我仔细回想了一下，我曾经天真地以为，只要我们举行了婚礼，他对你的影响就会消失，但事实却并非如此。今天，他的儿子就要成为我们的女婿，我们要把唯一的女儿许配给他，如果现在我们能够再举行一次婚礼，我们就再也不要分开了，你觉得好吗？"

　　他的声音有些颤抖，于是，他干咳了几声。可是波吉特还是什么都没说，他们静静地站了很长时间，巴德却没有得到答复。他不知道自己还能够说什么。就在这时，传来了阵阵敲门声，一个温柔的声音说："妈妈，现在你要过来吗？"说话的是他们的女儿，今天的新娘。波吉特抬起头，她看到了巴德苍白的脸和凄婉的神情。女儿还在门外重复着："妈妈，你现在要过来吗？"

"是的，我这就过来。"波吉特用嘶哑的声音回答着，同时，她把手放到了巴德手里，靠在丈夫的胸前失声痛哭了起来。

丈夫也紧紧地握着她的手，他们两个此刻都显得十分苍白，但是仿佛他们找了对方二十多年，现在他们的双手终于交织在了一起，他们就这样擦干泪水，朝门口走了出去。过了一会儿，结婚的队伍来到了岸边。在经过踏脚石的时候，新郎向新娘伸出了自己的手，巴德微笑着看着他们，同时也拉起了波吉特的手，虽然这并不符合传统，但他们同样走上了踏脚石，跟在新郎、新娘后面。

只有玛吉特孤单地跟在他们的身后。

巴德那天喝了很多酒，一支接一支地跳舞。他无比激动地和舵手们交谈着，其中一个舵手端起酒杯，望着窗外，不可置信地指着他们身后的悬崖说："看哪！那么陡峭的悬崖竟然爬满了绿色！这真是太奇怪了！"

"啊！不管崖壁愿不愿意，这都是最好的结局。"说着，巴德大笑起来，注视着新人和自己的爱人，自言自语地说："二十年前，谁能想到今天发生的一切呢？"

比昂斯滕·比昂松作品年表

1832 年　12 月 8 日出生于挪威克维尼一个牧师家庭。

1855 年　在《每日晨报》担任文学戏剧评论员工作。

1857 年　创作历史剧《战役之间》和小说《阳光之山》。

1858 年　出版小说《阿恩》。

1860 年　出版小说《快乐男孩》。

1861 年　创作剧本《国王斯凡勒》

1862 年　创作剧本《西格尔特恶王》。

1864 年　创作剧本《苏格兰女王玛丽·斯图亚特》。

1865 年　创作剧本《新婚夫妇》。

1868 年　出版小说《渔家女》。

1872 年　创作剧本《十字军骑士西格尔特》和短篇小说《婚礼进行曲》。

1873 年　发表短篇小说《曼桑纳上尉》。

1874 年　创作现代剧《主编》和《破产》。

1875 年　创作剧本《编辑》。

1877 年　创作短篇小说《马根希尔德》和剧本《国王》。

1878 年　创作剧本《新制度》。

1879 年　创作剧本《黎昂娜达》。

1882 年　发表短篇小说《尘埃》。

1883 年　创作剧本《挑战的手套》和《人力难及》。

1884 年　创作长篇小说《飘扬在城市和港口的旗帜》。

1885 年　创作剧本《地貌与爱》。

1889 年　出版小说《通向上帝的道路》。

1895 年　续写《人力难及》。

1898 年　创作剧本《朗格与帕司堡》。

1901 年　创作剧本《工作》。

1902 年　创作剧本《斯托霍沃》。

1904 年　创作剧本《达格朗奈》。

1906 年　出版小说《玛丽》。

1909 年　创作剧本《当葡萄开花时》。

1910 年　4 月 26 日因病在巴黎去世。